VIVAVOCE

Elena D'Amario

SALTO

MONDADORI

librimondadori.it

Salto
di Elena D'Amario
Collezione Vivavoce

ISBN 978-88-04-74172-5

I edizione aprile 2021

Anno 2021 - Ristampa 1 2 3 4 5 6 7

Indice

Salto

Vivo nella verità,
credo nell'amore,
nell'empatia,
nella relazione disinteressata
tra le persone senza secondi fini.
Vivo per ballare.
Il mio corpo è il mio strumento.
La danza la mia vita.

Arriva un momento nella vita di ognuno di noi in cui è importante fermarsi, per capire quello che si è fatto e accettare quello che si farà.

Non so se mi sarei mai fermata, da sola.

Sono in movimento da sempre, in senso letterale perché la danza, la mia passione, il mio lavoro, la mia vita, mi ha portato a compiere scelte senza avere quasi mai il tempo di metabolizzarle. Poi è arrivata una pandemia mondiale che ha cambiato tutte le regole del gioco. Mi sono dovuta fermare, come abbiamo dovuto fare tutti e, nonostante i progetti bellissimi in corso, nonostante la paura, ho apprezzato questo tempo regalato. Tempo per me, tempo per la mia famiglia, da cui forse ero lontana da troppo. Mi sono trasferita a casa di mia nonna e ho deciso di riempire le pagine di un quaderno, anche con disegni e colori, ricordando. Ricordando chi ero, come ho iniziato, quello che ho fatto. Ricordando chi sono. Cosa è importante per me, quanta fatica ho fatto e quanta ne farò, per realizzare il sogno che ho deciso di inseguire. Circondandomi degli affetti che contano. Ritrovando il tempo di capire quello che davvero conta per me. E anche facendo l'esame per la patente: non ne avevo mai avuto il tempo!

Ho fermato il mio corpo, per la prima volta. L'ho rimesso in movimento per scelta, anche senza palchi da frequentare. Ho sentito di amarlo, per la sua forza. Ho capito quanto l'ho sempre rispettato, mi sono sentita grata.

Io non sono una scrittrice. Sono una ballerina. E prima ancora una donna. Una donna piena di voglia di fare bene, di impegnarmi, di riuscire, di lottare per ottenere quello che voglio, di amare chi mi sta vicino. Ma soprattutto di sognare.

Mi sono chiesta se avesse senso raccontarlo. E ho deciso di sì per il motivo forse più semplice: condividere.

Quante ragazze hanno un sogno, ma non sanno inseguirlo? Quante donne hanno un rapporto pessimo con il loro corpo, e non sanno accettarlo? Quante persone passano la vita a lamentarsi, senza mai provare a cambiare?

Io mi sono scoperta felice, nonostante le paure, le paranoie, le insicurezze che da sempre mi accompagnano e che sempre avrò. Mi sono sentita fiera di aver dato precedenza ai miei valori, piuttosto che al successo a tutti i costi. Mi sono sentita grata, perché mi sento amata. E amo.

La mia storia non è una storia più bella o più brutta di altre. Ma è la mia, con tutta la positività che mi contraddistingue e con tutta l'energia che non mi stancherò mai di mettere in ogni mio progetto.

Non ho niente da insegnare, non sono un modello da copiare. Ma ho voglia di raccontare. Per dire a chi pensa di non farcela, che ce la può fare. A chi pensa di non essere abbastanza, che lo è. A chi crede che tutto gli sia dovuto, che nessuno ti regala niente. A chi non ama il suo corpo, che è il nostro alleato più prezioso. E a chi pensa che basti il talento. No, non basta per niente. Puoi arrivare primo, anche se non sei il più bravo.

Dietro a ogni sogno c'è tanta fatica, ma ne vale sempre la pena. Perché la fortuna non te la regala nessuno.

1
L'inizio di un sogno

Non è mai troppo tardi
per iniziare a sognare

Avevo dieci anni e non avevo mai danzato prima.

Il mio sport era la pallavolo alla polisportiva di Francavilla al Mare, che è il paese dove sono cresciuta. Mia sorella, che ha due anni più di me, faceva pallavolo, quindi mia mamma portava anche me. Era comodo. E mi piaceva. Ero alzatrice, agile, mi appassionava. Eppure l'allenatore mi sgridava sempre quando ero in campo e, se ci penso, mi fa sorridere perché il motivo lasciava già intuire il mio futuro: ballavo in campo, mi distraevo. Prima che arrivasse la palla, danzavo, facevo verticali. Ero in continuo movimento. Poi giungeva l'estate e, in spiaggia, c'erano i balli di gruppo e io non vedevo l'ora di buttarmici in mezzo. Mi piaceva ballare e le amiche di mia madre glielo dicevano in continuazione: «Iscrivila alla scuola di danza, Terry, non vedi quanto si muove? Non vedi quanto le piace?». Ma lei non mi portava e io non chiedevo, mi andava bene giocare con la palla. E, in fondo, era più facile così per l'organizzazione familiare.

Avevo dieci anni quando è cambiato tutto. Era l'inizio di settembre, la fine dell'estate, con quella malinconia tipica da ultimi giorni di vacanza e commissioni da primi giorni di scuola. Stavamo andando a comprare quaderni e penne. Io ero seduta sul sedile posteriore, con lo sguardo rivolto all'esterno, a osservare le case sfrecciare sotto un cielo azzurrissimo, quando mia mamma ha fermato la macchina. «Ti vuoi iscrivere a danza?»

Eravamo di fronte alla New Step, quella che sarebbe diventata la mia scuola. Non sapevo cosa rispondere, non ci avevo mai pensato: «Boh, a me va bene anche continuare pallavolo». Le dissi che avremmo potuto fermarci un'altra volta, non era necessario, per me. Eppure lei mi fece scendere dall'auto ed entrammo a chiedere informazioni: «Vediamo che cosa ci dicono, poi ci pensiamo». Ricordo che aveva lasciato la macchina in seconda fila, come fosse proprio una toccata e fuga, quasi più per curiosità che per vera convinzione. All'interno trovammo ad accoglierci Paola. Quella che da lì in poi mi avrebbe insegnato tutto, fino al compimento dei quattordici anni, quando il mio insegnante sarebbe diventato Americo, suo marito. «Vieni sabato, proviamo il turno con le ragazze della tua età e quello un po' più avanzato con le più grandi. E vediamo a che livello stai.»

Non mi interessava iscrivermi a una scuola di ballo, non mi ero mai resa conto che fosse un mio desiderio, eppure quella settimana iniziai la scuola con un pensiero fisso: non facevo che ripensare a quell'incontro e mi ritrovai ad aspettare il sabato in preda a un misto di adrenalina, felicità, ansia da prestazione, paura, desiderio.

La danza è una disciplina che spesso si inizia da piccoli. Le vedevo le bambine attorno a me, a tre anni già con un tutù addosso. A sei anni erano in grado di eseguire coreografie. Io invece piombavo lì con il mio body turchese recuperato dalla parrocchia dove una suora laica ci aveva fatto fare un po' di danza-teatro che, a ben pensarci, è stato il mio primo contatto "artistico" con il ballo. Ero stata protagonista in queste recite dell'oratorio, frequentato da tutte le bambine della zona, che lasciavano grande spazio all'interpretazione. Non c'era tecnica, ma tanto divertimento. E, senza tecnica, in quella sala per la prima volta, in mezzo alle altre bambine, mi accorsi da sola guardandomi attorno che forse era tardi per iniziare.

La prima lezione era insieme alle bambine della mia età, che facevano le spaccate, le diagonali, i giri. Seguivano le coreografie. Cercavo di stargli dietro, senza riuscirci. Ricordo la frustrazione, ricordo la paura. Ero certa che l'insegnante mi avrebbe detto di tornare a casa. Invece mi chiese di restare anche per la lezione successiva. Mi ritrovai in mezzo a quattordicenni bravissime, mi sentii demoralizzata. Non ero riuscita a fare nulla. Quando mia madre mi venne a riprendere, prima e unica volta in tutti quegli anni, Paola le disse di portarmi il mercoledì e il sabato, dalle sei alle otto. Era l'orario del corso avanzato. Non capivo. «Sua figlia non ha le basi, ma sono convinta che le bastino tanti stimoli per recuperare. È portata. Ballerà» disse Paola. E io sorrisi.

Così ho iniziato due volte a settimana, per due ore. Erano i momenti che più aspettavo.

Ringrazia
chi crede in te

Ci andavo da sola. Mamma aveva iniziato a restare a casa da subito, non veniva con me, se non quando c'erano i saggi. Vedevo le altre mamme fuori dagli spogliatoi, le vedevo aspettare gli insegnanti, chiacchierare con loro a fine lezione, chiedere come stessero andando le figlie. Dopo un po' glielo dissi: «Mamma, tu però non vieni mai». Mi rispose molto serenamente: «Questa è una cosa tua. Io non c'entro. Ti accompagno, ti vengo a prendere, cercherò di portarti sempre. Ma non vedo perché dovrei entrare». Non ha mai interferito, non mi ha mai spinta. Ha assecondato la mia passione, che è diventata talento, guardandomi le spalle, senza mai sgomitare. Non l'ho capito subito, ma credo sia stata una delle mie più grandi fortune. Mi ha permesso di crederci da sola, di volerlo da sola. Di crescere. Li vedevo quei sogni per interposta persona, quelle madri che volevano che le figlie si prendessero il futuro che loro non avevano potuto avere. Ho visto le figlie mollare, perché non era il loro sogno. Ho visto le "stage mum", quelle madri sempre accanto al palco, a ingombrare lo spazio delle figlie, per farle emergere a tutti i costi, per valorizzarne il talento, anche quando il talento non c'era. Io avevo immediatamente capito quale fosse il mio, ed ero pronta a fare del mio meglio, per imparare tutto quello che serviva a diventare brava.

È stato un sacrificio per tutti, anche economico. Non potevo capirlo appieno allora, ma oggi lo so, di quando mia mamma metteva via i soldi di nascosto per poter pagare il mese di lezioni, di quando c'erano gli abiti da preparare, gli accessori per il palco, i saggi. I miei genitori hanno sostenuto ogni costo, mi hanno supportata in ogni allenamento. Anche quando ho iniziato a finire alle undici di sera. Mamma andava a letto, metteva la sveglia e mi veniva a prendere. E, a volte, uscendo ancora più tardi, la trovavo addormentata in macchina.

Ho iniziato ad allenarmi tutti i giorni, stavo tutti i pomeriggi in sala. Tornavo a casa di sera, mangiavo, studiavo.

Non so dire se la passione sarebbe stata la stessa se avessi iniziato, come tutte, da più piccola. Ma so che scoprire a dieci anni un amore così forte mi ha permesso di sentire chiaramente che in quella sala ero felice, che era lì che volevo stare.

Ho sicuramente rinunciato a tanto, passando ogni pomeriggio a lezione, eppure non me ne sono accorta. In quel momento, per me, essere lì era l'unica cosa che contasse.

E in poco tempo ho recuperato il tempo perduto.

E il mio sogno è diventato chiaro.

Io da grande avrei fatto la ballerina.

Lo dicono tutte le bambine, non è vero?

Solo dando credito ai tuoi sogni
puoi trovare la felicità

La danza per me è una fede. È il mio credo.

È libertà, è realizzazione.

Dire che la danza è il mio lavoro è riduttivo. È molto di più: è ossigeno, è baricentro vitale, è felicità.

Quando provo a pensare a che cosa avrei fatto se non fossi stata una ballerina, non trovo risposta.

Non mi viene in mente niente.

O era così o era così.

2
Una passione totalizzante

Anche quando ti sentirai sola,
avrai il tuo sogno con te

Ritrovarsi bambina e poi ragazzina con una passione così totalizzante è stato da una parte bellissimo, per la felicità quotidiana di frequentare il mio posto preferito. Dall'altra mi rendeva diversa, perché mentre i compagni di classe, le amiche studiavano, uscivano e si divertivano, io lasciavo una scuola, quella con i banchi, solo per entrare in un'altra, quella con la sbarra. Le mie amicizie le ho costruite lì, il mio mondo era lì dentro. Un mondo a parte, che volevo fosse il mio.

Casa era quel pavimento di legno su cui camminavo a piedi nudi. Ho imparato a conoscermi guardandomi negli specchi a parete. La mia famiglia erano le ragazze accanto a me.

Erano più grandi, la differenza si sentiva. Eppure non mi sono mai sentita isolata. Ero più piccola, sia di età sia fisicamente. Secca di costituzione, bassa di statura, dimostravo meno anni di quelli che avevo in realtà. Ma sono stata accettata, diventando ben presto la loro mascotte:

mi sentivo speciale per questo. Mi chiamavano Schizzo, perché non stavo mai ferma, fino al giorno in cui mia mamma, al primo saggio, mentre mi faceva lo chignon, disse a tutte che io un nome ce l'avevo, ed era un nome bellissimo. Non la si vedeva spesso, ma quando c'era lasciava il segno. Schizzo così è scomparso e sono tornata a essere Elena per tutti.

Mi allenavo cinque giorni a settimana, felice di farlo. È davvero sorprendente come non esista la fatica quando qualcosa ti piace. Iniziai a fare anche classico: al terzo anno Paola mi disse che mi sarebbe servito. Poi fu la volta del tip-tap. A quel punto di anni ne avevo tredici: arrivò da Londra Sian Le Brocq, un'insegnante inglese che emanava un'energia stupenda. Ne rimasi subito affascinata. Mi vide ballare e chiese che facessi tip-tap. Io però mi sentivo in colpa nei confronti dei miei genitori: la danza costava tanto, potevo fare a meno di un corso in più, di una tecnica in più. A malincuore potevo rinunciare, anzi dovevo.

Ma lei mi disse di presentarmi a lezione: non avrei dovuto pagare.

Ci sono incontri nella vita che ti permettono di crescere. Ho avuto la grande fortuna di essere circondata da persone che hanno creduto in me da subito, quando io ancora non sapevo valutare le mie qualità. La generosità che ho sperimentato è stata sorprendente. Il supporto ancora di più.

L'energia di quell'insegnante era nuova, era diversa. Avrei sicuramente potuto fare a meno delle sue lezioni, eppure me ne sono innamorata ancora di più il giorno in cui ho provato. Sian si era trasferita in Italia dopo una carriera nei musical di Londra, perché aveva un compagno italiano. Ora viveva nella campagna abruzzese circondata da tantissimi animali. Aveva incontrato Paola, ed eccola a insegnare nella nostra scuola. Ha creduto in me, e così mi ha permesso di credere con forza nel mio sogno. Mi ha insegnato fino a che non sbagliavo più, mi ha fatto leggere libri, raccontato storie, descritto un mondo fatto di prove, compagnie, backstage, teatri che io potevo solo immaginare. Lei lo aveva sperimentato. È stata la prima persona a farmi sperare davvero di poter arrivare a un palco estero, quando ancora non avevo neanche preso confidenza con quello italiano per i saggi della scuola. Mi ha insegnato a sognare. A viaggiare con la fantasia fino a Londra, e chissà, magari un giorno fino a New York. Se ci ripenso ora…

Se non sai sognare in grande,
allora meglio non farlo

Sian è stata anche la prima a lasciarmi libera di essere chi ero. Fino all'incontro con lei, quando mi esibivo, mi dicevano di "controllare la mia interpretazione", me lo ripetevano sempre. Sono cresciuta con questa indicazione costante di "fare meno": meno facce, meno slanci, meno intensità. «Non devi esagerare, Elena» era la frase ricorrente. A undici anni non è facilissimo capirne il perché. Ci rimanevo male, mi adattavo, facevo quello che mi chiedevano. Cercavo di non esagerare, di non lasciarmi andare. Con lei è stato diverso da subito. Il tip-tap è sicuramente uno stile più interpretativo e Sian me lo diceva: «Mettici tutto quello che hai, esagera». Da meno, all'improvviso dovevo fare di più. Mi stava spronando a esagerare, a esprimermi al massimo, a lasciarmi andare. Diciannove anni dopo sarebbe successa la stessa cosa in America, dove mi avrebbero chiesto di dare tutto. È con lei che ho capito cosa fosse il divertimento: ho imparato a interpretare, mi sono sentita più forte. Ho compreso allora che se mi permetto di essere me stessa, provo la felicità.

Essere se stessi rende più forti,
rende liberi

Quando ballo mi sento come un supereroe. Sento di avere dei superpoteri.

Ballare è magia.

La danza per me è una terapia.

Quando ballo mi sento vera.

Posso sentirmi morire, ma continuo. Non ce la faccio più, ma salto. Scopro che tutto quello che in sala prove mi fa paura, sul palco non esiste più. Sul palco i rischi spariscono. Divento supercoraggiosa, non ho più nessun timore, non ho pregiudizi, non ho paletti. Divento libera. Totalmente.

La magia avviene in teatro. In TV i pezzi sono corti e per quanto un ballerino possa essere bravo a calarsi in un ruolo, non c'è abbastanza tempo per immedesimarsi davvero. In teatro la realtà non esiste più, entri in un'altra dimensione e vai oltre i tuoi limiti.

Quando ballo il mio corpo è invincibile, come se nulla di brutto potesse accadere.

Vivo quell'attimo prima, in backstage, dove ho paura di tutto: mi farò male, dimenticherò i passi, sbaglierò. Ma nel momento in cui metto i piedi sul palco, rimane solo la danza, e tutto il resto scompare.

Diventa esigenza di dare, diventa generosità. Esiste l'aspetto tecnico, esiste il controllo, che fa parte dell'identità di ogni professionista e più balli più diventa automatico. Ma in realtà quello che avviene là sopra è pura magia. Più dai, più rischi, più stai bene. Sto bene sul palco. E anche il pubblico lo sa. Se un artista dà tutto, il pubblico lo sente. Perché quando un artista finge, l'emozione si inceppa e non fluisce più. Un artista invece deve interpretare, portando sempre se stesso insieme al suo personaggio. Non può fingere. Io porto sul palco me stessa, a prescindere dal ruolo che sto interpretando. Mi mostro per quello che sono. E mi diverto davvero. Sto bene. Ballare non potrà mai essere solo una prova fisica, per me. Ballare è ciò che sono.

3

Il mio insegnante, i miei insegnanti

Trova persone che credano in te
e tienitele strette

Ero una ragazzina educata, ma testarda. Dolce, ma determinata. Mi ha sempre contraddistinto una grandissima voglia di imparare. Sapevo che la danza era una mia scelta e davo tutta me stessa, ma capivo anche perché mamma e papà mi chiedessero di impegnarmi a scuola. Per loro l'istruzione è sempre stata al primo posto. A me piaceva la scuola, amavo studiare, fare i compiti poteva essere impegnativo, ma volevo andare bene. Ci tenevo. Non volevo deludere nessuno, non volevo deludere i miei genitori né tanto meno me stessa. Sono sempre stata la giudice più severa nei miei confronti. A richiedermi il massimo, a spingermi sempre oltre, a non accontentarmi mai. È così ancora oggi.

La disciplina l'ho imparata da Americo.

Americo è il marito di Paola, il fondatore, con lei, della scuola New Step.

Ha un carattere fortissimo e una creatività sorprendente. Con lui non si trattava di preparare saggi, ma di mettere in scena veri e propri spettacoli, come fossimo stati già dei professionisti. Ci ha sempre trattati da performer, non importa quanti anni avessimo e da quanto tempo stessimo studiando. Potevamo fare prove di domenica che duravano tutta la giornata, come fossimo stati una vera compagnia, potevamo fermarci fino a tardi, per fare e rifare all'infinito lo stesso passo, la stessa presa. Ha saputo educarci, abituarci alla fatica, alle regole, con molta severità che oggi ricordo con tanta tenerezza. Nonostante le urlate!

Lui e Paola si erano conosciuti in TV: nella loro carriera hanno ballato con Heather Parisi e Lorella Cuccarini. I suoi racconti di quel periodo erano per me fiabe magiche che non mi stancavo mai di ascoltare. È un vero artista, glielo leggi negli occhi, un uomo bellissimo che balla ancora oggi e che quando doveva insegnarmi qualcosa me lo faceva vedere. Poca teoria, molta pratica: ci ha portato a esibirci al Circus, il teatro storico di Pescara che ora è chiuso, e all'anfiteatro sul mare, dove l'umidità stendeva un velo sul palco e noi dovevamo stare attenti a non cadere. Ho vissuto con lui le mie prime platee e ho visto cambiare il mio modo di ballare, a mano a mano che il pubblico aumentava. Ho imparato a dare di più, in modo che mi vedessero anche gli spettatori seduti più lontano. Ci ha fatto mettere in scena opere storiche e, se non le avevamo studiate a scuola, ci portava le dispense da leggere. Per imparare, per capire i personaggi, per conoscerne le storie. Perché per lui era importante studiare, apprendere, sapere tutto di quello che avremmo rappresentato sul palco. Mi ha insegnato che la danza non è un semplice movimento del corpo ma un insieme: testa, cuore e, certamente, anche corpo. Che va trattato con gentilezza, che va allenato, che va rispettato.

Un insegnante può essere molto duro in questo mondo. La forma fisica è al centro dei suoi sguardi ed è molto facile cadere in un circolo vizioso di paranoie legate al cibo, paura di ingrassare, disturbi dell'alimentazione. Americo non mi ha fatto guardare la bilancia, ma la salute. Alimentarsi bene per lui non aveva a che fare con la magrezza, ma con la forza, con l'energia che un ballerino avrebbe dovuto esprimere sul palco. Muscoli per sorreggere, forza per saltare, leggerezza per volteggiare.

Ho imparato da subito che il corpo doveva essere il mio migliore amico, non qualcosa da mortificare.

E credo che molto sia merito suo.

Americo mi ha sempre insegnato per dimostrazione: saltava, girava, faceva le prese. Mi ha sempre spronato a non avere paura, io non ne avevo. E non ne ho neanche oggi, neanche quando mi trovo tra le braccia di allievi inesperti. Sono abituata da sempre a fidarmi. A buttarmi. È quello che mi ha insegnato.

Ho passato ore a parlare con lui. E se, verso i quindici anni, le mie compagne iniziavano a fare le prime assenze, per un giro in motorino in più con il primo fidanzato o per un pomeriggio di shopping in centro, io continuavo ad andare a lezione e ascoltavo tutti i suoi "sermoni". Quanto parlava! Credo che volesse capire quanto fossi determinata, ma allo stesso tempo voleva infondermi fiducia in un futuro bellissimo, voleva che mi innamorassi di quel mondo. Non aveva capito che lo ero già, completamente. Così tanto che non ho mai mollato, con lui sempre al mio fianco.

Io non ho avuto grandi storie, anzi, non ho avuto neanche quelle piccole. Ero sempre in sala. Non conoscevo i ragazzi, non avevo tempo. C'era chi mi corteggiava, ma io andavo a ballare.

Antonio, per esempio, era un ragazzo che piaceva a tutte. Mi ricordo che era uno dei pochi ad avere già la macchina. A un certo punto si era fissato con me. Arrivava davanti a scuola, mi mandava i fiori in classe. Ma io non avevo tempo, pensavo solo a ballare.

A scuola con me c'erano tante ballerine. Alcune erano decisamente più brave, avevano più tecnica e forse erano anche fisicamente più adatte. Non ero quella con più talento. Ma avevo l'interesse e ho avuto la costanza, la tenacia. E anche il coraggio: di investire tutto il mio tempo, di rinunciare a tutte le esperienze che avrei potuto fare a quell'età.

Non ero la più brava.

Eppure sono andata avanti io.

Perché spesso non basta il talento. E non serve neanche la fortuna. Trovarsi al momento giusto nel posto giusto può aiutare, ma è il lavoro duro e costante che porta al risultato.

Alcune mie compagne eseguivano linee pazzesche, erano bellissime fisicamente, avevano molta più tecnica. Eppure a un certo punto non sono venute più.

Ho lavorato su ogni mia singola dote, ho sudato, perfezionato, fatto e rifatto. E sono rimasta.

Non basta il talento. Serve forza, serve costanza. È solo il primo passo verso il proprio sogno, ma quanti scalini si è disposti a salire? Soprattutto quando il resto del tuo mondo ti attira da un'altra parte? Avrei voluto anch'io andare in motorino con la testa appoggiata sulla schiena di qualcuno. Avrei voluto passare i pomeriggi a chiacchierare su una panchina di cuori spezzati e amicizia. Ma ho preferito spaccarmi la schiena. Americo ha investito su di me forse per questo. Ha visto che nei miei occhi c'era il desiderio di non mollare. Ha visto la luce del mio sogno.

È stato il mio mentore, senza mai risparmiarsi, ma anche arrabbiandosi. Ricordo quando sul palco di *Arlecchino in cerca di autore* sbagliai un passo nell'ensemble, la parte di gruppo. Si tolse una scarpa e me la lanciò. Ero stupefatta, mi aspettavo delle scuse, arrivò invece una ramanzina su quanto non mi dovesse servire lo specchio quando ballavo con gli altri, su quanto fosse importante stare nei movimenti del gruppo, guardando loro, non guardando me. Avrei potuto lamentarmi, oggi non ho idea di che cosa potrebbe succedere se un insegnante lanciasse una scarpa contro un bambino, ma allora andava bene così, avevano sempre ragione i maestri. E mentre mia mamma ne rise, io semplicemente capii che dovevo impegnarmi di più. Che lo avevo deluso. E deluderlo era l'ultima cosa che volevo.

L'affetto che provo per lui è per sempre. È stato l'insegnante migliore che potessi trovare.

Puoi avere tutto il talento che vuoi.
Ma se non ti impegni, lo stai solo sprecando

Non è andata allo stesso modo a scuola, quella tra i banchi, purtroppo.

Ho vissuto per anni due vite parallele. A scuola di danza mi sentivo forte, era quello che volevo fare, gli insegnanti erano severi, ma curavano la mia preparazione. Mi sentivo me stessa. Era stimolante, in ogni lezione imparavo qualcosa di nuovo: un salto in più, una combinazione artistica di nuovi movimenti. Un ambiente bellissimo. Ricordo la tensione quel secondo prima che Americo premesse play sullo stereo per far partire la musica, anche alle prove. Il pubblico erano le mie compagne di danza. Dopo le prove del saggio crollavo, non mi risparmiavo mai.

Ma mi sentivo sempre nel posto giusto. E mi sentivo bene.

Tutto era diverso, a scuola. Ho fatto il liceo classico. E ho dato tutta me stessa anche lì, faceva parte del mio carattere. Eppure, tanto contano gli incontri positivi che ti permettono di crescere, tanto possono fare male quelli negativi che ti ostacolano, ti criticano, ti fanno sentire in qualche modo "fuori posto".

Ci saranno sempre persone
che non credono in te.
Ma se ci credi tu,
loro lasciali parlare

Al ginnasio avevo un'unica professoressa per latino, greco, italiano, storia e geografia. Le materie che più contano in un liceo classico. Era giovane, aveva solo trentun anni. Avrebbe potuto essere nostra complice, invece era semplicemente sempre arrabbiata. Con la vita forse. Inquadrata, rigida, dalle vedute ristrette. Credo le desse molto fastidio che io avessi una passione così forte, o forse non credeva possibile che potessi studiare e ballare allo stesso tempo. Eppure avevo scelto il liceo classico per passione, mi piaceva tantissimo quella scuola, era quello che volevo fare. E poi amavo scrivere, come lo amo ancora oggi. Riempivo pagine di temi, a volte mi capita di rileggerli.

Eppure lei entrava in classe e mi puntava subito: «D'Amario, sei stanca oggi?». E io, ingenua: «Sì, professoressa, però ho studiato». «Uhm, sei un po' pallida. Hai ballato anche ieri?» «Sì, ho avuto parecchie ore di lezione, ma non si preoccupi, sono preparata.» E invece mi interrogava, e nonostante avessi studiato, lei aveva già deciso che non potevo fare entrambe le cose bene. Che il mio sogno era solo una perdita di tempo che mi teneva lontana dai libri. Andava a caccia dei miei errori. Sorrideva se sbagliavo.

Ricorderò per sempre la frase che mi fece più male. «Se studi sei intelligente e invece preferisci ballare. Allora spiegami: ci sono già tante Carla Fracci nel mondo, pensi di mancare proprio tu?» Lo disse con una cattiveria negli occhi che mi fece scappare via dalla classe. Fu la prima delle tante volte in cui qualcuno andò contro il mio sogno. Lo sminuì al punto da renderlo meno di un'illusione infantile. Uscire dalla classe senza permesso mi portò di fronte alla preside; avrei voluto spiegarle quello che era successo, quello che mi aveva fatto male, ma quando mi prende il nervoso mi vengono le lacrime agli occhi e non riesco a parlare. Aveva toccato un aspetto vitale per me, aveva negato il mio futuro, ma io non potevo spiegarlo alla preside.

Quando dissi che non sarei più rientrata in classe quel giorno, mi venne a prendere mia madre. La preside mi minacciò di sospensione, ma io rimasi irremovibile. E sapendo quanto mia madre fosse severa e tenesse al giudizio della scuola, ero pronta a subirne le conseguenze.

Invece, quando sentì quello che era successo, sorrise alla preside e le chiese per quanti giorni sarei dovuta restare a casa. Io in classe, quel giorno, non sarei rientrata davvero.

Mi portò a casa con sé. Non credevo ai miei occhi. Aveva capito perfettamente quello che era successo. Ed era riuscita a farmi sentire compresa. E protetta. E credo sia stato quel senso di protezione a permettermi di resistere, anche in seguito, agli attacchi di chi non credeva in me. Mi ha insegnato a crederci io per prima. E io, da allora, non ho smesso mai.

Quella professoressa è stata la mia insegnante per tutto il biennio e io, in quei due anni, sono andata a scuola con un costante mal di pancia. Al mattino soffrivo, al pomeriggio recuperavo ossigeno.

Ballare era la mia felicità.

Il talento è dappertutto. Non esiste persona senza talento, ma talento non vuol dire bravura.

Il talento è un grande fuoco che ti porta a essere curioso, costante, coraggioso.

Il talento è tenacia.

Il talento è interiore.

Ognuno di noi ha il suo talento e non sempre corrisponde al proprio desiderio.

Ma quello che è certo è che non esiste talento senza fatica.

E, a volte, è più facile riconoscerlo negli altri che in se stessi.

Io ho scelto il mio talento, che aveva molto a che fare con la mia passione. E la passione è ciò che lo fa vivere.

Io cerco il talento anche negli altri.

E ho imparato a riconoscere che questo aspetto invisibile è correlato alla bontà. Perché saperlo apprezzare ed evidenziare negli altri è generosità.

Non bisogna avere paura di essere messi in ombra, non bisogna avere paura di avere meno talento di qualcun altro quando lo si riconosce.

Ognuno deve guardare a sé. E capire quello per cui vale la pena fare fatica. E rinunciare.

Io amo il mio talento e voglio continuare a fare fatica.

4
La prima occasione

La fortuna non esiste.
Esistono le occasioni e le scelte

Mia mamma è la donna più straordinaria che io conosca. È stata presente, empatica, sempre attenta ai bisogni delle sue figlie. Supersevera, ma allo stesso complice, decisamente timida. Io e lei siamo molto diverse, eppure ci compensiamo perfettamente e abbiamo un rapporto splendido, forse proprio per questa grande diversità. In passato ha lasciato il lavoro per crescere me e mia sorella. Faceva la professoressa di francese al liceo, ma poi, quando siamo nate, ha preferito dedicarsi alla famiglia. O forse un tempo si faceva semplicemente così, senza pensarci troppo, senza ascoltarsi davvero. Non l'ho mai vista triste o pentita della sua scelta, ma ho sempre pensato che se avesse trovato qualcosa che l'appassionasse, ora che noi eravamo più grandi, sarebbe stata contenta. Eravamo in macchina insieme quando ho visto un annuncio sulla porta del Megà, la grande discoteca di Pescara. C'era scritto che cercavano autori e redattori per Rete 8, la rete locale molto nota nella nostra zona. Ho proposto a mia mamma di presentarsi: «Ti è sempre piaciuto scrivere». Accostammo la macchina. «Ok, perché no?» Decise di entrare.

Stavano facendo dei provini per un programma condotto da Vincenzo Olivieri, un comico abruzzese molto bravo e parecchio conosciuto nella nostra regione. Ci trovammo di fronte a tale Walter, un cinquantenne stizzosissimo. Avremmo scoperto dopo che si trattava del regista del programma. Mia madre si mise a parlare con Olivieri e lui si interessò a me: «Signora, sua figlia che fa?». «Studia. Danza. Fa ballo.» Così Walter, che aveva ascoltato la conversazione, mi chiese di fargli vedere qualcosa. Indossavo dei pantaloni di velluto a coste ampi, una camicia, non esattamente il look giusto per ballare, ma non era importante: «Sei carina, ma voglio vedere che sai fare». E io allora mi misi a ballare. Improvvisai, senza troppi problemi, perché era esattamente la scena che capitava a ogni festa di famiglia. C'era sempre il momento in cui dovevo mettermi a ballare, anche se certe volte andavo a nascondermi in bagno per non farmi trovare. «Ok, mettetemi la musica.» Ho scelto i No Doubt, band cult degli anni Novanta, con *Don't Speak*, che non era neanche una delle mie canzoni preferite, ma era la prima che mi era venuta in mente perché mia sorella cantava nella band del liceo, quel pezzo ce l'aveva nel suo repertorio e mi era rimasto in testa.

Ho iniziato a ballare e ancora oggi ricordo il pavimento di vetro, con le luci provenienti da sotto, la tensione, l'incredulità di essere scritturata per il programma. Mi sarei dovuta presentare agli studi una volta a settimana: avrei fatto tutto io. La coreografia, i costumi, il mio pezzo, senza interferenze. Avevo il mio spazio da riempire. Ero libera di decidere come: l'importante era che ballassi con la stessa energia e grazia che avevo dimostrato quel giorno.

Tornammo a casa per parlarne e oggi sorrido pensando a quanto allora ci fosse sembrato qualcosa di enorme, un'occasione unica, un'occasione da non perdere. Promisi ai miei genitori che ce l'avrei fatta anche con la scuola e accettai. Quello per me fu un bivio: scelsi di iniziare, con l'euforia di chi a quindici anni si sente dire che può fare quello che vuole. Avrei creato costumi bellissimi, dato sfogo a tutta la mia creatività. Ai miei occhi non era un lavoro, era qualcosa che avrei pagato per fare! E invece è anche diventato il mio primo guadagno. Io e mia madre facevamo le quattro del mattino per riadattare i vestiti: le nostre "sessioni" creative duravano fino a tarda notte, mia mamma al cucito, io a ideare e colorare. Improvvisavo tutto e quando, dopo il primo balletto, mi diedero 50 euro... mi sentii ricchissima. Li avevo guadagnati perché avevo ballato. Una sensazione bellissima.

Misi via i soldi per comprare un iPod nano e poter ascoltare finalmente la musica ovunque. Da quel momento l'avrei avuta sempre con me. Un cambiamento bellissimo, per me che a quei tempi non avevo ancora il cellulare.

È stato un periodo molto divertente. Secondo Walter avrei dovuto memorizzare le mie coreografie, ma non ha mai saputo che le improvvisavo al momento. E così quando mi chiedeva, durante la prova generale, dove avrebbe dovuto posizionare le telecamere per riprendere i miei movimenti, io gli dicevo dove sarei stata. Inventavo, e poi, quando ballavo, mi toccava ricordarmi che cosa gli avevo detto.

Ho imparato tantissime cose, in quella TV. Anche a buttarmi, senza paura, improvvisando le immagini che mi dettava la fantasia. Walter mi aveva spiegato il funzionamento delle telecamere, degli angoli di inquadratura e riguardavamo insieme i video; ballavo in uno spazio minuscolo. Ed è stata anche la prima volta che ho preteso quello che mi spettava. Gli accordi erano che avrei ricevuto un compenso per ogni esibizione: ma una sera ballai due volte e loro contarono la singola puntata. Perciò mi costrinsi a fare uno sforzo e pretesi che mi venisse riconosciuto di più. E lo ottenni: ero una ragazzina timida che non amava parlare di soldi e fui fiera di essere riuscita a dire quello che pensavo. Continua a non piacermi parlare di compensi, ma per fortuna oggi ho un agente; altrimenti sarei ancora quella quindicenne spaurita di fronte a Vincenzo, che teme di non riuscire a farsi valere.

Chi crede in te
ti lascia libero di volare.
Chi ti ama
ti tiene con i piedi per terra

Sono stata con loro per due anni e mezzo. Impegno e pressione si mescolavano, ma ho sempre tenuto i piedi per terra e un obiettivo ben delineato davanti a me grazie ai miei maestri di danza e alla mia famiglia, a cui non interessava che mi riconoscessero per strada. Ho due genitori che hanno sempre avuto ben chiaro quali fossero le priorità e i valori da trasmettermi. Volevano il mio successo, ma inteso come soddisfazione personale: uno schermo TV o la popolarità non c'entravano nulla. Mi hanno sempre riportata con i piedi per terra e, se non avessi avuto questa mentalità, in America sarei andata a schiantarmi. Lì, di colpo, non ero più nessuno. Ma io non mi ero mai sentita qualcuno, se non me stessa. Quell'esperienza lavorativa in una nota rete locale ha rappresentato il mio esordio in TV, senza il quale forse non avrei cercato altro. Lo vivo come un grande snodo della mia vita e, come ogni altra scelta, ha avuto delle conseguenze. Subito dopo ho voluto riprovare a confrontarmi col piccolo schermo: ho vinto un programma TV su Canale 5. E forse è proprio quella la vera origine di tutto ciò che è successo da lì in poi. Perché è stata l'occasione in cui ho conosciuto Maria.

Il successo non è la popolarità,
ma la soddisfazione
di un obiettivo raggiunto

Il corpo è la mia essenza. Io sono fisicità.

Il mio corpo è la parte di me che tengo in più alta considerazione. Ne ho rispetto, lo tratto con amore. Lo curo.

Non si tratta di cura in termini estetici. Faccio tanta attività, ballo, danzo, ma la vera cura è prestargli sempre attenzione. Anche quando cammino per strada, io guardo dove metto i piedi. Sto attenta a ogni movimento. Divento quasi paranoica.

Vivo in funzione della danza e del ballo. È quindi mia responsabilità non farmi male. È così da sempre e così sarà sempre. Mentre il tempo passa.

Vedo il mio corpo cambiare. Osservo la pelle che si modifica, scopro che i muscoli rispondono in modo diverso. Eppure sono serena, accetto i cambiamenti e li assecondo. Rispetto il mio corpo.

So che la mia espressività dipende dalla mia fisicità. L'espressività di un danzatore è il prodotto della sua espressività corporea, viso compreso. Espressioni drammatiche, intensità, tutto si fonde nel visual. Il corpo non è bellezza, ma strumento. Il mio corpo è la mia anima. Il mio corpo è quello che provo.

Io danzo grazie al mio corpo. E per questo lo amo.

Non bevo, non fumo, non ho mai provato droghe. Non ne ho mai avuto il coraggio, ma nemmeno la curiosità, nonostante mi sia trovata spesso in mezzo a persone che ne facevano uso. Io preferisco poter ascoltare il mio corpo. Se è tardi, posso sentire che il mio corpo è stanco. E se sono stanca, me ne occupo. Mi preoccupo per le mie gambe, mi preoccupo per i miei piedi. Ho fatto e faccio serate in mezzo alla gente, sto attenta alle spinte, evito di essere urtata. Il mio cervello non si spegne mai, vivo un'allerta continua.

Devo proteggere il mio corpo.

Non c'entra niente la bellezza.

5

"Il ballo delle debuttanti"

Non importa
quello che fanno gli altri.
Mostrati sempre
per quello che sei

Mi chiesero se volevo partecipare ad "Amici". Era il 2007. José Perez, un ballerino cubano, venne a Pescara a ballare. Americo preparò una coreografia per lui con me e Ramona, la ballerina più brava della scuola. Aveva dieci anni più di me ed era diventata la sua assistente. José mi segnalò alla redazione del programma, ma io rifiutai. Non volevo andarci. Non era certo timidezza, anzi. Volevo studiare di più, prepararmi meglio. Non ero pronta. Avevo deciso che il giorno in cui sarei andata a Roma da Maria, lo avrei fatto da professionista. Non volevo entrare nella scuola da allieva, non mi interessava la gara. Mi dissero però che c'era quest'altro programma, di cui non avevo mai sentito parlare. Era nuovo, si intitolava "Il ballo delle debuttanti" e ci sarebbero state due squadre. Una delle due l'avrebbe capitanata Bill Goodson, un ballerino che aveva lavorato anche con Michael Jackson.

Bastò quel nome. Io volevo ballare con lui. Lo avevo conosciuto a uno stage e mi aveva colpito moltissimo.

Andai al provino: ero ancora minorenne e come sempre mia mamma aveva dovuto accompagnarmi. «Vengo ma non entro, mi vergogno» disse. Senza sapere che sarebbe dovuta entrare per forza, io da sola non potevo firmare nulla. Ci aspettavano a Roma, a Cinecittà. Non sapevo che tipo di provino avrei dovuto fare, non mi ero informata sullo stile del programma. A me interessava Bill. Trovai Maria al centro dello studio e rimasi immediatamente colpita dal suo sguardo attento a tutto. Ne ero anche leggermente intimorita, ma allo stesso tempo non vedevo l'ora di confrontarmi con lei, con il suo giudizio. Accanto a Maria c'erano Alessandra Celentano, la severissima prof di "Amici", e Iancu, l'altro caposquadra. Di Bill nessuna traccia. Ero circondata da ragazze bellissime, altissime. Io mi ero presentata in tuta, con un CD in mano: indossavo dei pantajazz neri con la fascia bianca, un top e delle Converse. Decisamente diverso dallo stile soubrette che mi circondava... Sembrava il casting di "Uomini e Donne" o di "Temptation Island"; senza nulla togliere a quei programmi, ma io che ci facevo lì? Non c'erano ballerine, non c'erano atlete.

Sentii gli occhi di Maria su di me. Mi seguiva con lo sguardo, e mi scoprii agitata. Ma a ripensarci ora ero anche molto autentica. E forse lei lo aveva capito subito che ero diversa dalle altre. E, se io mi sentivo a disagio per questo, lei probabilmente ne era incuriosita. «Ma tu che sei venuta a fare qua?» mi chiese. «Io porto un pezzo, devo ballare. Ho anche la base.» Maria rise. «Ho capito... Però qui si parla, non si balla.» Era "Il ballo delle debuttanti", com'era possibile che non si dovesse ballare?

Però me l'hanno fatto fare, hanno messo la musica e io ho ballato.

«Ma sei scema, perché non vieni a fare il provino di "Amici"?» Maria mi voleva lì. Glielo dissi subito, senza peli sulla lingua. «Non lo voglio fare, io entrerò come professionista.» E lei scoppiò a ridere. «Sei proprio una paracula» commentò con estrema spontaneità. Non ho mai capito se fosse un complimento, ma non mi è dispiaciuto, anche per il clima di confidenza che sembrò instaurarsi da quel momento.

Volevo che mi prendessero, volevo ballare con Bill. Feci altri provini e a mano a mano che andavo avanti le altre ragazze diminuivano. Maria mi faceva parlare tantissimo. Avevo diciassette anni, tutto quello che mi passava per la testa mi usciva dalla bocca. Sempre con grande educazione, ma mi fa effetto ripensare ora a quella spontaneità che, volente o nolente, crescendo perdi.

Mi presero. Vinsi. E ovviamente ne fui felicissima, ma la vera vittoria per me furono tutte le ore trascorse a ballare con Bill, che mi introdusse a stili più commerciali. Ricordo Platinette che mi provocava, ricordo il team di lavoro dietro al programma. Con alcune di quelle persone ci lavoro ancora oggi.

Ogni esperienza, ogni passaggio, serve. Non importa il risultato degli ascolti, non importa la fama. In quel programma ho mosso i primi passi nella TV dei grandi, ho capito come girano alcune cose, ho visto quanta meticolosità serve nella realizzazione di ogni singolo dettaglio. E gli enormi sforzi necessari. Ma soprattutto ho conosciuto Maria, che ancora oggi è una delle persone più importanti per me.

Non avere paura di essere diversa.
È la tua unicità che ti fa brillare

La televisione ti può cambiare. Soprattutto in una piccola realtà come Pescara. C'è sempre stato il mito di Roma e Cinecittà, spesso si sogna di diventare "qualcuno". Io non ho mai voluto essere "famosa" e ancora oggi ho sentimenti contrastanti sul concetto di popolarità, però ho sempre voluto che la danza diventasse il mio lavoro. Sono andata in TV, un altro passo avanti in direzione del mio sogno, ma neanche il tempo di vincere ed ero di nuovo a scuola con Americo, e tra i banchi in vista della maturità. Avevo saltato un mese di scuola, perciò i miei mi riportarono subito a casa, anche se avrei voluto restare a Roma, anche se avrei voluto fare mille altre cose. Non c'era niente di più importante del mio diploma e per fortuna non ho potuto decidere io. Non avere avuto una stage mum, sempre pronta a mettermi in mostra, non aver avuto genitori disposti a tutto per la mia fama, è stato il regalo più grande. È difficile smettere, quando inizi a provare la sensazione di essere al centro dell'attenzione, quando vinci un programma, dei soldi, quando arriva la popolarità, anche se poca. Sono fortunata perché non ho dovuto scegliere niente. La priorità, per loro, era farmi finire la scuola. E per questo li ringrazio.

Quando ho concluso il mio percorso di studi ho provato una sensazione incredibile. Avevo portato a termine quello che mi ero prefissata, e lo avevo fatto con tanti sforzi che finalmente avevano dato i loro frutti. Mi sentii libera. Ora, finalmente, avevo tempo per ballare. Libera da tutti quelli che non avevano mai creduto in me e continuavano a ostacolarmi. Anche all'esame di maturità mi avevano fatta piangere. «Che cosa vuole fare da grande, D'Amario?» Avevo un'unica risposta: la ballerina. Io volevo solo ballare. E il professore della commissione esterna scoppiò a ridere. «Sì, ma di lavoro?» Avrei dimostrato che poteva diventare un lavoro. Che in fondo lo era anche già stato. Quel giorno, nonostante le lacrime, la mia doppia vita giungeva al termine: ora ci sarebbe stata solo la danza. Io avevo un grande rispetto per il mio sogno, ma non ero ancora abbastanza forte da non piangere quando lo mettevano in dubbio. Mi sentivo attaccata. Mi sentivo insicura.

Avevo paura che avessero ragione loro.

E questo mi ha dato la forza di crederci ancora di più.

Nei mesi prima che finisse la scuola avevo pensato di iscrivermi a giurisprudenza, ma quando è arrivato il giorno di farlo davvero, ho capito che sarebbe stato solo un ripiego. Qualcosa che forse mi stavo raccontando, per non deludere mio padre. Non un investimento sul mio futuro, ma un continuare a negare il mio unico desiderio. Non volevo studiare, volevo ballare. Non volevo andare all'università per aprirmi le porte del lavoro, volevo che il mio lavoro fosse la danza.

Eppure, nella famiglia di mio padre sono tutti intellettuali e plurilaureati. In quella di mia mamma invece tutti artisti, ma io sono, da entrambe le parti, l'unica non laureata. Era normale che si aspettassero da me lo stesso percorso. Mia sorella è una neuropsicomotricista dell'età evolutiva, mio padre un enologo. Provengo da una famiglia di studiosi. Ho visto mio padre titubare di fronte al mio sogno; non è stato felice di sapere che non avrei fatto l'università, ma non mi ha mai ostacolata.

Non mi ha però neanche mai detto brava.

E, a voler essere sinceri, non mi ha mai detto neanche ti voglio bene.

Maria lo sapeva. Lo aveva invitato al "Ballo delle debuttanti", sperando che un incontro davanti alle telecamere lasciasse uscire la sua emotività. E invece, nel suo discorso mi parlò, per quanto benissimo, con freddezza e tanta lucidità. Raccontò le mie scelte, ma non disse brava, non dimostrò affetto. Io, nonostante tutto, nonostante mi sarebbe piaciuto sentirglielo dire, so che mio padre mi vuole bene, so che lo pensa, so quanto mi ama, semplicemente non verbalizza. Lui è quello che mi ha insegnato a fare la ruota sul prato, i tuffi in mare, ma soprattutto che mi ha sempre supportato lasciandomi libera di scegliere. Non è scontato, è amore. Eppure a volte quelle tre parole mi sono mancate. Avrei voluto sentirle. E ogni volta che è venuto a vedermi ballare, io so di aver dato il massimo, per lui.

Ma so anche che, tra tutti i componenti della mia famiglia, è quello che mi ha capita di più: perché sa cosa vuol dire impegnarsi, sa cosa vuol dire avere nel corpo il proprio strumento. È un ex sportivo, giocava nella nazionale di pallamano, si allenava a Gallarate, lontano della sua famiglia. Era un giocatore molto forte, eppure non ha mai lasciato gli studi. Veniva da una famiglia rigidissima, con un papà direttore di banca e una mamma insegnante di italiano che aveva un titolo nobiliare. I miei nonni abitavano in uno dei palazzi più antichi della città e ricordo quella sensazione di compostezza un po' austera quando andavamo a trovarli. Mi regalavano libri, non bambole, giochi di legno, non distrazioni. Lui è cresciuto così, in un ambiente in cui manifestare le proprie emozioni non era consentito. E allora lo so che è per questo che fa fatica a parlare, che non dice "ti amo" a mia mamma e le ha detto "sei bellissima" solo quando l'ha portata all'altare. So che gli mancano le parole, ma ci sono in abbondanza i gesti e le azioni. Lui dimostra il suo amore in un altro modo e se mia sorella si trasferisce in Belgio non riesce a dirle "mi mancherai", ma si carica il suo divano in spalla per aiutarla a risolvere tutto. Oggi i suoi abbracci sono ancora più stretti. E gli si inumidiscono gli occhi quando devo partire per New York. Ci leggo tutto l'amore che c'è. E allora mi basta, anche senza conferme verbali. Lo sento simile a me per tanti aspetti. E anche se sono più uguale a mia mamma, nel cuore, nell'anima, dalla pancia in giù io sono come lui. Ho preso le palle da lui. La determinazione. Il senso della responsabilità.

E così so di averlo forse deluso scegliendo di non fare l'università, ma so anche che lui mi ha capita. E che oggi è fiero di me. Come so che ha sempre fatto il tifo per la mia felicità.

Quando ho vinto "Il ballo delle debuttanti" l'ho sentita fortissima. Avevo vinto centomila euro, in una gara che non avevo vissuto come tale e che non avrei dovuto vincere io. Eppure è successo e ricordo la gioia, la sensazione inebriante, lo stupore. Ho deciso che era ora di provarci davvero. «No, papà. Non farò l'avvocato.»

Non avere paura di accettare il tuo sogno.
Anche se sei l'unica a crederci

L'estate della maturità feci il provino ad "Amici". Volevo sempre diventare una professionista, ma mi chiamò il capo progetto del "Ballo delle debuttanti" e mi disse che quell'anno "Amici" sarebbe cambiato. Ci sarebbero state le borse di studio. Un contratto all'estero. Avrei potuto provare, dopo il programma sarebbe arrivato il lavoro. Fu l'idea di vincere una borsa di studio a convincermi.

Pensai a Londra, Parigi, Amsterdam. La realtà è che mi stavano chiedendo di provare a realizzare il mio sogno, di mettermi in gioco. Era arrivato il momento di cambiare i piani e provare. Finire a New York non era neanche immaginabile.

Richiamai la produzione del programma e dissi che sarei andata.

Americo sapeva che avrei lasciato la sua scuola, lo aveva intuito ancora prima di me. Lo percepivo da come mi allenava che c'era qualcosa di diverso. Aveva capito che sarebbe stato il mio ultimo anno, così mi diede tutto quello che mi poteva dare. Preparammo l'ultimo spettacolo come se fosse il più importante di sempre. E così, tra lo studio folle per l'esame di Stato e le prove infinite in sala, andai a Roma per il primo provino. Era quello in diretta, al sabato pomeriggio. Avrei dovuto improvvisare davanti ai professori, che decidevano chi sarebbe rimasto e chi no.

Quando la musica finì mi guardai attorno, ed ero rimasta solo io. Sarei andata avanti.

Trovarsi di fronte a un giudizio significa affrontare le tue paure. In qualsiasi professione, per qualsiasi obiettivo da raggiungere, ci sei tu e solo tu che puoi lottare, migliorare, provare. Il segreto è crederci e non mollare mai. Ma ci saranno sempre persone a cui dovrai dimostrare quello che sai, quello che vuoi. E le variabili sono così tante, che non è detto che vada bene. Passare per me significò tanto, mi diede la forza di crederci un po' di più. Ma sono anche sicura che se non fossi passata, non avrei rinunciato. Avrei ricominciato, avrei insistito.

Andò bene. Ma proprio il mio maestro, la persona di cui mi fidavo di più, mi fece capire che non ero arrivata da nessuna parte, che avevo ancora tantissima strada da fare per essere quello che volevo.

Americo aveva visto il provino e quando arrivai in sala lo trovai serio, per non dire arrabbiato. Secondo lui non avevo ballato bene. Non avevo tenuto la testa alta, mi ero ripetuta. «Eri nel pallone.» E io sapevo che aveva ragione. Lui non era soddisfatto di quello che avevo fatto e per me il suo giudizio valeva più di quello di un programma televisivo. Non mi sono seduta su un piccolo successo, ho iniziato a lavorare ancora più sodo.

Con lui ho preparato uno spettacolo perfetto ma in ogni pausa, dalle prove o dai provini, avevo la mia tesina sul sogno da studiare. Maria mi vedeva china su quei fogli e mi chiedeva quanto mi interessasse entrare nel programma. Lo desideravo tantissimo, ma prima di tutto dovevo fare un buon esame. Sentivo la pressione. Sentivo di dover dare tutto. E rendere felice Americo per il nostro ultimo spettacolo insieme.

Ci sono riuscita.

Ogni giorno può esserci un sogno.
Ogni giorno puoi provare a realizzarlo

Ho rinunciato a tanto nella mia vita, ma ho avuto tutto il resto.

Lo rifarei.

La danza toglie, la danza rallenta.

La danza è una scelta.

Lasciare la mia famiglia è stata forse la rinuncia più grande. Lasciare mia nonna. Non mi pento di averlo fatto, ma se ripenso a quei momenti non so se avrei la forza di riviverli. Ogni partenza è stata un dolore. Ogni sera, prima di partire, ho sempre provato un'angoscia reale, volevo stare a Termoli, bere il caffè con mia madre. La malinconia durava due giorni, magari tutta la settimana successiva, ma poi passava e mi rimettevo in pista. Eppure alle sei del pomeriggio, ogni giorno, tornava puntualmente. Mi sono sempre mancati i miei affetti, ogni sera. Come oggi mi mancano, ogni giorno, i miei colleghi di danza, la mia compagnia di New York.

Danzare è rinunciare.

Non mi sento mai tutta intera, ho sempre la sensazione di perdere qualcosa, però non penso mai di stare sbagliando. Perché quello che mi torna indietro, ripaga tutta la fatica.

6
"Amici"

Ogni incontro ti lascia qualcosa,
a volte nel cuore

A settembre eravamo rimasti in ottanta. Nella prima puntata del programma si sarebbero formate le classi. Mi guardai attorno: erano bravi, ma ero convinta che mi avrebbero presa. Mi sentivo forte per via di tutto il lavoro che avevo fatto con Americo. E nonostante io non sia una persona estremamente sicura di me, lo sono sempre stata nelle cose che so fare, grazie alla preparazione che ho ricevuto.

«Sei dentro.» Due parole, per impazzire di gioia. Entravo a far parte della scuola di "Amici".

La mia reazione non fu molto televisiva. Maria me lo aveva fatto subito notare: «Ma come, non ti emozioni mai?». La verità è che da sempre cerco di mantenere un atteggiamento superdisciplinato, pacato, senza troppe esternazioni. Ho imparato la disciplina, fa parte di me, anche se dentro ero esultante. Perché era un altro pezzo di sogno che si realizzava, che mi metteva a contatto con maestri bravissimi, da cui ero certa avrei potuto assorbire tantissimo. Ho iniziato a lavorare con Steve La Chance, in un percorso superatletico di salti, prese, severità. È stato un insegnante fondamentale nel mio percorso, mi ha fatto superare i miei limiti. Ero dentro la scuola di Maria De Filippi. Senza sapere che da lì a poco mi sarei innamorata... per la prima volta nella mia vita.

Non avevo avuto grandi storie, il primo bacio lo avevo dato a quattordici anni dietro le cabine della spiaggia. Un ragazzo di Napoli che mi piaceva tantissimo. A fine estate era ripartito. Le estati erano sempre parentesi che si chiudevano con il rientro tra i banchi di scuola. Prima di "Amici" avevo questa frequentazione molto platonica con un DJ pescarese molto più grande di me. Lui era innamorato, ma passavamo più che altro il tempo a messaggiarci; andavo a sentirlo suonare ma tornavo a casa molto prima che finisse, dovevo alzarmi presto. Gli dissi che mi avevano preso ad "Amici" e lui storse il naso: «Che vai a fare in televisione, dovresti frequentare l'università, la danza non è un lavoro». La nostra storia è finita lì.

Innamorarmi non era qualcosa di cui avevo bisogno. Sapevo che mancava un pezzo di esperienza nella mia vita, ero certa che mi sarebbe piaciuto provare qualcosa di forte per un'altra persona, ma fino a quel momento non avevo avuto tempo di vivere vere relazioni. E non potevo di certo considerarmi esperta. Eppure ero serena, perché non era stata una rinuncia; era semplicemente andata così, avevo scelto di concentrarmi su altro.

Quando è iniziato "Amici", ho notato subito Enrico. Un colpo di fulmine. Più grande di me di tre anni, livornesissimo. Ribelle. Scriveva i suoi pezzi con la chitarra elettrica, qualche tatuaggio, le sigarette. Era contro le regole e io, che nelle regole ci vivevo, ne sono stata attratta come una calamita. Ho amato subito il suo talento.

I ballerini non stavano mai con i cantanti. Si tendeva a fare gruppo per categoria, anche di sera, quando tornavamo in albergo. Io invece stavo con loro. C'erano Emma Marrone, Pierdavide Carone, Loredana Errore. Ero attratta dal loro talento, dalla capacità di suonare e inventare parole, seduti sul divano in momenti di cazzeggio. Era un bagno nella loro creatività, mi piaceva tantissimo starli ad ascoltare. E in fondo mi piaceva stare dove stava Enrico. Parlavamo tanto; mi ricordo la prima volta che si è seduto accanto a me e mi ha offerto metà del suo mandarino. Abbiamo legato subito e non ho avuto nessun momento di indecisione, a differenza di tutte le mie storie successive in cui la razionalità ha sempre avuto la meglio.

Il nostro amore è nato lì dentro, davanti alla gente e alle telecamere. Non abbiamo potuto proteggere niente, la nostra storia è finita immediatamente sulla bocca di tutti. Ci siamo messi insieme e il tempo vissuto ad "Amici" è andato a un'altra velocità. Una settimana aveva la durata di un mese e appena abbiamo avuto alcuni giorni liberi siamo andati a casa. Lui è venuto a Pescara con me, io sono andata a Livorno con lui. Ed era bellissima la sensazione di libertà di poter correre sulla sua Vespa, sul lungomare di Livorno, senza la tuta di "Amici" addosso, senza nessuno che ci guardasse. Mi piaceva stare a scuola, ma avevo anche bisogno di questi momenti di normalità e intimità. Molti compagni non uscivano mai, non tornavano a casa. Io volevo rivedere la mia famiglia, volevo stare con Enrico senza nessuno intorno.

È stato un idillio, il mio primo amore. Mi sono legata tantissimo a lui. Con tutti i pro e i contro. Enrico era una persona molto gelosa. Era estremamente buono, ma non gli piaceva che gli altri mi guardassero e non capiva del tutto il mio mestiere: quando fai la ballerina è difficile non avere gli occhi addosso. E io, anche se non lo ammettevo, ne venivo condizionata. Se dovevo far scattare una connessione con il mio partner sul palco, mi trattenevo, perché non volevo che lui ci restasse male. Non me lo permettevo, evitavo quello sguardo in più, sapendo che a lui non sarebbe piaciuto. Eppure non ne ero consapevole, l'ho capito solo dopo.

Mi sono rifiutata di fare coreografie sexy; dicevano che era per colpa sua, anche se in realtà alcuni limiti non li avrei superati comunque, non volevo superarli. Per me ballare non ha mai significato fare gesti provocanti, oggi come allora, e così facevo a modo mio, litigando tantissimo con il coreografo che preparava il pezzo per me. In puntata mostravano i video dei confronti in sala prove con il coreografo, e io ho sempre risposto educatamente, ho saputo gestire la polemica. Mi diceva che non sarei mai diventata una professionista, perché avrei dovuto essere disposta a fare tutto quello che mi avrebbero chiesto i coreografi, ma io non volevo piegarmi. Ero determinata a poter scegliere fino a dove spingermi. C'era chi ci riusciva tranquillamente, e riconoscevo la bravura di chi sapeva farlo senza pregiudizi. Eppure per me era troppo, non ero pronta e mi sentivo provocata. Ho subito una pressione molto forte, sono volate parole che non avrebbero dovuto. Mi ferivano, sapevo di non meritarmele. Ero solo coerente. Ma era difficile vivere in quel clima e forse anche per questo ho iniziato a sentirmi oppressa dalla gelosia di Enrico e a soffrire per il suo modo di fare. Mi sentivo responsabile per lui, nonostante fossimo due persone diverse, nonostante avessimo due percorsi diversi. I suoi casini mi incasinavano. Mi distraevano. Io ero lì per ballare e volevo focalizzarmi sulla mia strada, ma non ci riuscivo del tutto.

Non permettere mai a nessuno di dirti chi sei

Un giorno vidi David Parsons seduto in studio. Era venuto a guardare i talenti.

Volevo dare il massimo e speravo mi notasse: forse inconsciamente avevo già visto in lui il Maestro della mia vita!

Ero in squadra con Rodrigo, un ballerino che proveniva dal Cincinnati Ballet. Aveva una grande esperienza lavorativa alle spalle e mi aveva raccontato tutto della vita in compagnia, degli spettacoli, dei tour. Io volevo quella vita. E ora davanti a me c'era la persona che avrebbe potuto realizzare il mio sogno. Non potevo sbagliare!

Rodrigo non aveva dubbi: «*He's here for you*», è qui per te. Volevo scegliesse me. Fissavo il suo sguardo, quegli occhi scuri da animale che puntava le sue prede. Arrivò il mio turno e mi scordai di tutto ballando, non sentivo le telecamere, non pensavo a nient'altro che a muovermi, per lui. Ballai il pezzo con cui ero entrata ad "Amici" e pensai fosse una bella coincidenza averlo preparato per quel sabato, senza sapere che lui sarebbe stato lì. Era il mio pezzo portafortuna. Avrebbe fatto la sua magia?

David non pronunciò una parola per me. E come era arrivato, se ne andò.

Forse è successo quel giorno. O forse lo sapevo da sempre ma non volevo dirmelo. Io ero innamorata di Enrico. Lo considererò per sempre il mio primo grande amore. Ma di fronte a David è stato così forte il desiderio di ballare con lui, di voler essere scelta, di… partire, che ho capito di non sognare Livorno, di non sognare una vita con Enrico nella sua città. Il mio focus, era durissimo da ammettere, non era l'amore. Il mio sogno vinceva su tutto il resto, e nonostante il mio cuore battesse fortissimo, forse non batteva abbastanza. Non ero ancora pronta ad ammetterlo, ma in quel momento avevo già scelto il nostro futuro.

Ad ampliare quella distanza iniziale si aggiunse il suo comportamento, i litigi con la produzione. Si arrabbiava, era passionale, mi diceva: «Andiamocene da qui». Ma io non volevo andarmene. Eppure sentivo di doverlo seguire.

Quello che mi dispiace è che Enrico avrebbe potuto vincere quell'edizione. Aveva tutte le carte in regola per farlo. Ma si è bruciato per la testa calda che aveva.

Arrivai a togliermi la divisa, il giorno prima della diretta, per seguirlo, anche se non lo volevo fare. Non avevo vinto nessuna borsa di studio, e io ero lì per quello. Non volevo deludere la mia famiglia a casa. E non volevo deludere neanche le persone che lavoravano al programma. Arrivammo fino in puntata dove, con un giusto provvedimento disciplinare, finimmo in sfida l'uno contro l'altro: uno dei due sarebbe uscito. Enrico si rifiutò di fare lo spareggio, non volle cantare contro di me; così rinunciò al suo posto e io potei restare. Abbandonò "Amici", ma con il suo gesto ne uscì da eroe: quell'atto di romanticismo piacque a tutto il pubblico.

Ma non a me.

Avevo apprezzato che mi avesse permesso di restare, eppure sarebbe potuto rimanere anche lui, comportandosi in modo diverso, ragionando in modo diverso. Quel gesto romantico e plateale poteva essere evitato. Avremmo potuto restare insieme, finire insieme. Avrebbe potuto vincere.

Rimasi nella scuola e misi il turbo. Mancavano tre settimane alla fine e diedi il massimo, liberandomi anche nella parte espressiva. Ora c'era solo la performance. E mi sono sentita libera.

Amore
deve far rima
con libertà

I ballerini non sarebbero arrivati alla finale. Una settimana prima della mia ultima puntata mi dissero che avrei ballato con David e due ballerini della sua compagnia. Mi buttai a terra dalla felicità: non ci potevo credere, i sogni a occhi aperti diventavano reali. Mi ritrovai in sala con lui, non sapevo una parola di inglese. Iniziammo a creare. Con David c'era Abby Silva, che da quel momento sarebbe diventata una delle persone più importanti della mia vita. Aveva sposato un italiano e sapeva la lingua, così prese ad aiutarmi traducendo per me e mi permise di seguire le prove. Iniziai a usare le braccia come non avevo mai fatto; in un'ora di prove avevo dovuto imparare quello che di solito richiede almeno una settimana di lavoro. Fu intenso. Pazzesco.

Coreografammo un trio dinamico e poi lui, che è anche regista, videomaker e fotografo, si occupò di fare le riprese che avrebbe usato come grafiche nel green screen, durante la serata.

La mia ultima puntata di "Amici" realizzò il mio sogno più sognato.

David mi prese la mano, Maria iniziò a leggere: «La compagnia di danza David Parsons ti dà la possibilità di usufruire di una borsa di studio...». Avevo vinto la sua borsa di studio. Sarei andata a New York. È difficile spiegare come mi sono sentita, ma era come se i pezzi di un puzzle buttati alla rinfusa per terra fossero andati magicamente al loro posto. Abbracciai David e uscii da "Amici" con una valigia piena di possibilità da preparare, destinazione: America.

Sarei dovuta restare qualche settimana.

Credo profondamente nei rapporti professionali basati su stima e rispetto.

Non credo nelle scorciatoie, nelle raccomandazioni, negli atteggiamenti ambigui, nel fare l'amica di chi ha un ruolo importante.

Voglio essere riconosciuta per le mie competenze. Voglio guardarmi allo specchio la sera e sapere di aver fatto o non aver fatto qualcosa per quello che valgo, per come mi comporto. Nient'altro.

Nell'ambiente della danza e in quello della TV, come in tanti altri luoghi di lavoro, esistono dinamiche che nulla hanno a che fare con la professionalità. Io non ci sto.

E ne ho pagato più volte le conseguenze, ma allo stesso tempo ho avuto la possibilità di esprimermi, lavorare e ottenere grandi soddisfazioni semplicemente essendo me stessa e rimanendo fedele ai miei valori.

Io voglio tornare a casa la sera ed essere certa di essermi meritata tutto.

Da sola, con le mie forze, con le mie gambe.

Non ho bisogno necessariamente di piacere a tutti. Ci ho

messo anni ad accettarlo. Non ho bisogno del consenso a ogni costo.

Scelgo e sceglierò sempre la libertà di essere me stessa, di non dover far nulla che non mi va.

Ci metterò più tempo ad arrivare dove voglio? È probabile. Ma che soddisfazione raggiungere la meta!

7
Lasciare andare

Ogni fine è un inizio,
ogni cambiamento una possibilità

Non riesco a mostrare i miei sentimenti con facilità. Se devo piangere, preferisco trattenermi. Se devo saltare di gioia, preferisco sorridere. Di fronte alle altre persone tendo a mantenere un approccio equilibrato. Vincere la borsa di studio alla Parsons Dance fu un'esplosione di felicità, ma in TV cercai di non darlo a vedere. Diverso era quello che sentivo dentro di me.

Non ebbi il tempo di metabolizzare la fine di un programma che aveva significato così tanto per me. In quella scuola ero cresciuta, ero cambiata. Mi ero innamorata. Sapevo che non avrei vinto il programma, quell'eventualità non era neanche mai stata nei miei pensieri. Ma avevo desiderato così tanto ottenere la possibilità di lavorare e studiare all'estero che ora non mi sembrava vero di esserci riuscita. A modo mio, avevo vinto.

Tornai a casa a Pescara il giorno dopo, e andai subito a Termoli da mia nonna. Non era cambiato niente, era cambiato tutto.

Americo appena mi vide mi abbracciò. Eravamo di nuovo noi due, in sala. «Sono orgoglioso di te, ma ora devi partire.» Avevo paura. Nonostante la felicità di aver ottenuto quello che desideravo, ora ero piena di insicurezze. Avrei lasciato qui la mia famiglia. Avrei lasciato qui Enrico. E secondo lui non sarei dovuta partire: «Cosa ci vai a fare in America? Là è una giungla, cosa speri di fare?».

Ma la paura non può fermare i sogni. Né può farlo un fidanzato che non gioisce per te.

Forse aveva paura anche lui. Paura di perdermi. Sta di fatto che mi ha persa perché non era contento per me. Frasi sbagliate, una dopo l'altra, che fingevo di non sentire ma invece mi ferivano. E ognuna mi allontanava sempre di più.

Sono partita.

Provammo a far funzionare la nostra relazione a distanza: un mese dopo il mio trasferimento venne a trovarmi.

Ero così felice di vederlo. Erano stati trenta giorni durissimi, spaesata in una nazione sconosciuta. Ero anche l'ultima arrivata in compagnia e non potevo permettermi di rimanere indietro, dovevo allenarmi tantissimo, studiare, non avevo ancora una casa… insomma ero stressatissima. E così, al suo arrivo, avrei tanto voluto sentirmi dire "Stai tranquilla, ce la farai" e invece cercò di riportarmi a casa con lui: «Fai le valigie, qui è troppo difficile». Era la strada più facile, era quello che voleva lui. So che lo diceva per non perdermi. Eppure non aveva capito come ero fatta. E così mi ha persa davvero.

La paura può fermarti.
Ma se non glielo permetti, ti ritroverai a volare

Piansi quando salì sul taxi per tornare all'aeroporto. Mi sembrava mi stessero strappando un pezzo del corpo. Eppure, quando chiusi la porta, sentii che ce la potevo fare. Io ce l'avrei fatta. Quando se ne andò, ero certa di amarlo ancora, ma anche che ormai fosse finita. Ne abbiamo parlato a lungo successivamente, abbiamo pianto, abbiamo deciso che non potevamo continuare e così abbiamo messo un punto alla nostra storia. New York ora era tutto quello che avevo.

Enrico è stato il mio grande amore, ma non era quello giusto.

È stata durissima.

Ma rifarei tutto.

Nonostante i milioni di lacrime.

È stata dura anche lasciare i miei genitori.

Quando sono partita mi hanno accompagnata all'aeroporto, in uno stato di confusione generale. Mia madre non mi aveva neanche mai fatto dormire a casa di un'amica e adesso stavo per andare a settemila chilometri di distanza, da sola. Non ci stavamo rendendo conto.

Partivo senza sapere l'inglese, non avevo mai preso l'aereo e avrei fatto scalo a Londra.

Ce l'avrei fatta?

Partii con un gran magone, mescolato a uno stato di agitazione assurda. Mi sentivo coraggiosa; ero semplicemente inconsapevole.

Piangevo, ma ero allo stesso tempo piena di adrenalina.

Mi sono buttata, per iniziare a volare.

È stata la mia fortuna non sapere che cosa avrei dovuto affrontare, perché mi ha permesso di vivere pienamente ogni cosa.

Arrivai a NY un giovedì pomeriggio, dopo aver rischiato di perdere l'aereo da Londra. Ad accogliermi c'era Barb, la stage manager della Parsons Dance. Una donna molto poco femminile, con grandi occhiali, i capelli in disordine e una maglietta con una stampa a fumetti.

Mi fece salire in macchina per portarmi a casa sua.

Non capivo niente. Neanche *"let's go"*. Come avrei fatto a comunicare?

Però ero nella Grande Mela, era tutto vero, tutto quello che avevo sempre visto solo nei film ora era davanti a me. La lunga fila dei taxi gialli, i grattacieli. New York. La sentivo bene la paura, ma stava tenendo per mano la curiosità.

Per due settimane vissi da lei, parlavamo con Google Translator, comunicavamo come ci era possibile. Ma nel frattempo avevo dovuto iniziare a cercare un posto dove stare, spulciando una lista infinita di appartamenti con la paura di aver fatto un passo troppo lungo per me.

Non avevo neanche la tessera del telefono per chiamare i miei, come speravo di trovare casa?

Mi sentivo sola.

Per la prima volta nella mia vita me la sarei dovuta cavare senza l'aiuto di nessuno.

Quando ti trasferisci in un Paese straniero ogni cosa è sconosciuta. Se poi si tratta dell'America, ogni cosa è anche enorme. Gli enormi scaffali del supermercato, le enormi strade di cui non conosci i nomi, l'enorme senso di estraneità. In quei primi giorni Barb mi aiutò a prendere confidenza con il nuovo. Cucinavamo insieme e imparai a conoscere quella ragazza così diversa da me, con una casa piena di libri che aveva studiato, con le sue esperienze in giro per il mondo, il suo senso pratico e la sua razionalità. Mi ha insegnato tantissimo. E fu lei, il giorno dopo il mio arrivo, a portarmi a lezione.

42nd Street all'incrocio con la 7th Avenue.

Nel bel mezzo di Times Square.

E proprio lì, tra le gigantesche insegne colorate e illuminate, il caldo sulla faccia e il rumore della città, capii che ero davvero arrivata a New York. Era il mio sogno, la paura non serviva più.

La felicità è fatta di piccoli istanti.
Quel che conta è riconoscerli

Ballare vuol dire donarsi.

Il pubblico di fronte a te è calore.

Negli anni in cui ho vissuto in America sono venuta a ballare in Italia.

La sensazione di esibirmi a casa mia, davanti alle persone della mia vita, del mio Paese, era stupenda. È diverso ballare per chi conosci. Ho sempre sentito un grande senso di responsabilità, ne sono sempre andata superfiera.

Quando la Parsons Dance arrivava nel mio Paese sentivo anche di dover rendere tutto perfetto. Organizzavo più cose possibili, volevo che stessero tutti bene. Era dura essere in tour, ma quando ero qui, nel mio Paese, mi sembrava anche una vacanza. Mi divertivo tantissimo a osservare l'effetto del nostro Paese sui miei compagni di lavoro e amici, vedere che se ne innamoravano. Siamo stati ovunque insieme, eppure quando lasciavamo l'Italia piangevano tutti. Io più degli altri.

Perché il pubblico italiano è unico. Ero sempre felice di ballare qui. Lo rifarei subito, se ora si potesse.

8
I stay

Ogni scelta apre nuove possibilità,
solo tu puoi trasformarla in un'occasione

Il mio corpo è da sempre il mio compagno di viaggio. Ne conosco ogni muscolo, ho visto cambiare forma alle mie braccia e alle mie gambe, non posso permettermi di lasciarlo a riposo. Pensavo di conoscere ogni suo limite. Mi sbagliavo.

Dopo aver iniziato a frequentare la Parsons Dance ho immediatamente capito che il mio corpo era in grado di fare di più. Avevo bisogno di più memoria, per imparare tutto quello che mi mostravano in pochissimo tempo. Avevo bisogno di più forza, per ballare otto ore di seguito senza stancarmi mai.

Quando entrai nello studio per la prima volta vidi questo gruppo di ballerini affiatati, che si parlavano durante gli esercizi, che sembravano surfisti sulle onde da come si muovevano.

David quel giorno non c'era. E ho tirato un sospiro di sollievo. L'ansia da prestazione era al massimo.

Mi misero subito al lavoro: a dirigere il gruppo c'era Liz, la sua assistente. Mi presentò come la nuova apprendista, mi disse di mettermi in un angolo e di imparare le parti di tre ballerine.

Quel giorno rividi anche Abby, la ballerina che avevo conosciuto ad "Amici" e che mi aveva fatto da interprete tra l'italiano e l'inglese. Era un sollievo averla lì, perché mi aiutava a capire quello che mi veniva detto. Ho dovuto fare una full immersion nell'inglese, che oggi parlo come fosse la mia prima lingua. Ma quanto è stato complicato, all'inizio, non poter esprimere i miei pensieri, non poter capire quello che mi veniva detto.

Poi arrivò David.

È un insegnante severo, una persona che pretende il massimo da chi lavora con lui. Non le manda a dire e può essere molto brusco. Può decidere da un giorno all'altro di non avere più bisogno di te. Mi chiarì immediatamente che chi non lavora sodo viene mandato a casa. Poteva stare tranquillo, ero lì solo per lavorare e imparare tutto.

È la voglia di imparare
che ti fa arrivare lontano

Nei primi giorni David mi teneva d'occhio senza parlarmi. Sentivo il suo sguardo su di me. Rimasi nell'angolo a guardare e provare, ma non mi importava. Non ero lì né per mettermi in mostra, né per prendere il posto di qualcuno. Volevo solo imparare e ballavo, anche se mi correggevano di continuo. Liz teneva un taccuino su cui segnava gli errori di ciascuno di noi e tra loro ne discutevano a lungo, ma io ero tagliata fuori, la lingua non mi permetteva di capire. Eppure copiavo i loro movimenti, copiavo le loro correzioni. E ho iniziato subito a migliorare.

Devo tanto a Liz. È stata la mia prima maestra lì. Mi ha corretta, mi ha messa alla prova. Non si è mai risparmiata. Sempre con un sorriso e una vitalità coinvolgente. Viziosa, fumava tantissimo. Era molto diversa da me, ma mi piaceva. Mi piaceva la sua storia, mi piaceva il suo carisma. Ho consumato i suoi DVD a furia di guardarli, ho preso tutti gli abbracci che ha saputo darmi in quegli anni, intuendo la mia nostalgia di casa. Se non le stavi simpatica te lo faceva notare, eppure con me si è instaurato da subito un rapporto di fiducia. Di stima. Mi ha fatto da famiglia, da "mama" americana. E lei, che non aveva avuto figli, forse il suo unico vero grande rimpianto, non si è mai tirata indietro. Ha cucinato per me, mi ha permesso di guardarla negli occhi da cui traspariva la malinconia di chi non si esibisce più. Mi ha corretto ogni errore, mi ha guidata. A volte mi chiedo se avesse amato David, nella sua vita. Avevano ballato insieme per anni, poi lei si era sposata. Eppure qualcosa mi diceva che il legame che l'aveva tenuta accanto a lui aveva un'origine diversa, che andava oltre la professione.

Fu lei a portarmi da David al quinto giorno di sala e a parlarmi del primo spettacolo in cui avrei dovuto esibirmi.

Non avevo ancora avuto il tempo di ambientarmi e mi stavano già chiedendo di esibirmi. Avremmo ballato *Remember Me*, uno spettacolo a cui oggi tengo tantissimo, una delle creazioni più spettacolari di David. Avrei fatto l'ensemble, danzato con gli altri a Bryant Park, un parco bellissimo in mezzo ai grattacieli di Manhattan.

Il palco montato nel parco, alle sette di sera, senza aspettare il buio, con la gente seduta sul prato immersa in quell'atmosfera pazzesca che avrei voluto condividere con le persone che amavo. Provai un misto di malinconia e felicità per il mio primo show di fronte alla gente: la mia prima entrata, un segno della croce, il tocco del palco, che è sempre il mio rito, e le mani degli altri, una sopra l'altra, mentre ci scambiavamo parole che ancora non capivo. Come a spingere l'energia verso la terra, come a sentirla dentro di noi.

Quel giorno entrai a far parte del gruppo: lo sguardo degli altri era cambiato.

Ero diventata una di loro.

Da quel momento le giornate sembravano infinite; di notte dormivo poco e se pensavo a quanto mi mancava l'Italia, invece di guardare i voli, consumavo i DVD della compagnia. Volevo imparare tutto. Aver danzato con loro mi aveva fatto capire definitivamente che quello era davvero il mio posto. Nonostante la distanza, nonostante la solitudine, nonostante lo sforzo a cui stavo sottoponendo il mio corpo.

Non era fatica, era bellezza.

Un giorno David mi chiamò nel suo ufficio per dirmi che avevo attirato l'attenzione dei *board member*, ovvero le persone che finanziavano gli spettacoli. In America non è come in Italia: ci sono i finanziatori, quelli che investono nell'arte senza chiedere niente in cambio, solo per il prestigio dell'investimento. Sono persone innamorate dell'arte che vogliono farla vivere.

Lo spettacolo era andato bene, avevo ballato bene. «Dovrai lavorare tantissimo» disse fissandomi.

Non ho capito subito che mi stava offrendo un lavoro. Non più apprendista, non più qualche settimana.

Sarei dovuta restare. Sempre che lo volessi.

«*Do you want this job?*»

Non sapevo bene l'inglese, ma una cosa la sapevo benissimo.

«*Oh yes, I want it.*»

Senza pensarci.

Non ne avevo bisogno.

Quella sera chiamai a casa. «Mamma, io resto.»

Ero lì da solo due settimane, ma volevo restare.

Non credo che la mia famiglia sia stata contenta di sapere che sarei rimasta a lungo dall'altra parte del mondo. Eppure non hanno detto nulla. Non hanno interferito.

E io ho sentito di poterlo fare.

Ho sentito di dover dire grazie.

Non conta chi ostacola il tuo cammino,
conta chi crede in te

E così è cambiato tutto. Ho iniziato ad alzarmi alle sette ogni giorno, una colazione abbondante e litri di *iced coffee*. Lo portavo anche alla sbarra. Ho iniziato a godermi il viaggio in metro, le facce della gente, i suoni degli americani, in una dimensione parallela in cui immaginavo storie.

Otto ore di prove al giorno, sabato compreso. David sembrava avermi preso di mira e i suoi modi erano discutibili. In sala prove aveva il potere di farmi sentire un'incapace. Testava i miei nervi. Ho capito poi che lui non guarda solo la tecnica, controlla anche l'educazione del ballerino che ha davanti, la sua umanità, prima ancora di verificarne la prestanza o le capacità. Certo non era facile in quel momento resistere a tanto accanimento. Ma se era una prova, ho superato anche quella.

Dal momento in cui mi ha assunta, ha iniziato a farmi domande personali. Chiedeva della mia famiglia, dei miei genitori, quello che pensavano, quello che pensavo io.

Controllava le mie reazioni, la precisione dei miei salti e giravolte nelle diagonali in sala, il modo in cui mi rapportavo agli altri ballerini.

Non mi guardava solo ballare, stava studiando chi ero.

E forse è per questo suo modo di fare, di scegliere, che nella compagnia c'erano e ci sono solo belle persone. Non basta saper ballare, lui cerca i caratteri adatti a stare nella sua compagnia. Magari non eravamo tutti primi ballerini, eppure tutti avremmo potuto essere solisti e, allo stesso tempo, ballare insieme, senza sgomitare. Io non volevo emergere, volevo stare tra loro. Essere una di loro.

Alla loro altezza.

Mi sono sentita parte di qualcosa di importante.

E so che lo sentirò per sempre, anche quando non ballerò più con loro.

Mi ha guardata male, mi ha risposto bruscamente, mi ha fatta piangere e sentire inadatta. Non è docile, non è paziente, è pieno di luce, ma ha anche tante ombre. È la persona che più mi ha fatto migliorare.

David Parsons ha inventato la danza moderna. E io mi sono fidata di lui, lasciando che inventasse il mio futuro.

In un tempo in cui tutti vogliono emergere,
tieniti stretti i tuoi valori.
E sii gentile

Non esistono corpi perfetti. Non c'è un come dovremmo essere. C'è un come siamo. E accettare la nostra fisicità è il primo passo per amarci. Di certo però un corpo va alimentato in modo corretto, non solo quando è uno strumento di lavoro, come nel mio caso, ma sempre, perché è il nostro involucro, e dobbiamo amarlo, comunque esso sia. Io non sempre mangio bene. Ho la fortuna di ballare otto ore al giorno e di avere un metabolismo veloce, ma sono consapevole di quanto sia importante condurre una vita sana. Brucio, consumo, so che non sarei così se facessi una vita da ufficio, ma so che me ne prenderei cura, perché un corpo ha bisogno di muoversi, di essere elastico, di stare bene. A prescindere da un palco su cui ballare. È questione di salute. I muscoli devono vivere, il corpo deve mangiare.

Sono cresciuta con ballerine di compagnie che avevano un rapporto malato con il cibo. Ho visto quanto può far male concentrarsi solo sulle calorie da ingerire, sul peso da mantenere, sulle rinunce quotidiane da compiere. Mi sono sentita in colpa quando dopo lo spettacolo ordinavo un hamburger perché avevo fame, vedendo i piatti delle mie compagne pieni solo di insalate scondite o, peggio ancora, un pugno di pillole per togliersi la fame. Ho conosciuto la malattia e non lo so, sono sincera, che cosa avrei fatto se il mio corpo non mi avesse aiutato, permettendomi di mangiare quello che volevo, quando volevo. Spesso non mi credono, eppure è così, sono solo fortunata e se vivo serenamente il rapporto con il cibo e amo mangiare è perché è sempre stato "facile". Eppure… Eppure so anche che, nonostante la fortuna, non ho mai sgarrato. Non ho mai esagerato con l'alcol, non ho preso droghe, ho sempre avuto cura del mio corpo, non ho mai fumato. Fumavano per non sentire la fame, usavano droghe per non sentire la fame, ho visto scene in cui però la fame vinceva. Le ho viste svenire sul palco. Le ho viste piangere. Le ho viste non dormire.

Una ballerina deve rientrare in certi canoni fisici. È un mondo durissimo dove un chilo in più ti viene fatto notare e pesare. Ho visto coreografi di fama mondiale dire a ballerini "sei grasso", senza pensare agli effetti psicologici di chi avevano di fronte. Ho visto severità e durezza. Impari a non mangiare, per rimanere nei canoni richiesti. Quindi lo so che sono fortunata.

Però so anche che ognuno di noi è dotato di un corpo che risponde agli stimoli in un certo modo. E il modo migliore per vivere è accettarlo.

9

Imprevisti

Non tutto andrà
come lo avevi immaginato,
ma è nell'inaspettato che si cresce

Quando arrivai in America dovetti iscrivermi a una scuola di ballo, il Broadway Dance Center. Per restare sul territorio americano dovevo essere una studentessa. Avevo una busta piena di documenti che portavo sempre con me: fogli firmati, la carta di credito, il passaporto. Tutto.

La persi in metropolitana, il secondo giorno.

Ero seduta, convinta di stare andando a casa, stanchissima dopo una giornata di prove in cui non mi ero fermata un secondo. Avevo provato con gli altri solo per due minuti, entrando in quello spazio condiviso per me ancora inaccessibile, e per tutto il resto del tempo invece avevo ballato nell'angolo, cercando di ripetere ogni loro movimento. La testa era ancora lì, nello studio, quando mi accorsi di aver sbagliato direzione. Si aprirono le porte del vagone e non ci pensai un secondo. Scesi al volo.

Peccato che la busta fosse rimasta sul treno. Non me ne resi conto subito. Ero concentrata a capire quale fosse la linea per tornare a casa e, una volta arrivata, avevo trovato Barb ad aspettarmi per cena, con le nostre chiacchiere a base di Google Translator. Quando entrai in camera cercai quella busta ovunque, senza voler credere di averla persa.

Un incubo.

Scoppiai a piangere e telefonai a casa. Non sapevo cosa fare.

E poi andai a bussare alla porta di Barb. «*You're a disaster.*» Disastro, mi ha chiamata così per mesi. Barb telefonò a Abby e Abby si precipitò da noi insieme a suo marito Marco. Presero in mano la situazione, che da sola non sarei mai riuscita a gestire.

Se hai qualcuno
disposto a spendere energie per te,
non lasciartelo scappare

Il mattino dopo Marco si mise in moto, ma non c'erano molte soluzioni. Senza quella busta con i miei documenti dovevo tornare in Italia e rifare all'ambasciata tutto quello che riguardava la scuola. Avrei perso le prove e non potevo accettarlo… ero appena arrivata. Non ci potevo pensare. E così andai allo studio e mi misi a ballare come se fosse l'ultima volta. A un certo punto Liz ricevette una telefonata.

«Elena, un ragazzo ha trovato i tuoi documenti sul treno e li ha portati alla scuola.»

Non ci potevo credere. Corsi immediatamente dalla direttrice che mi parlò di questo ragazzo, un ballerino di un'altra compagnia, fermo da un po'. Stava tornando a casa con la metropolitana quando si era accorto della busta e aveva capito quanto potesse essere importante. Era stato talmente gentile, così premuroso che fui felice di sentire che in segno di riconoscenza la direttrice gli aveva offerto un anno di scuola gratuita, per ripagarlo del suo gesto. Ebbi conferma che essere gentili è meglio che fregarsene.

Tre anni dopo l'ho incontrato e ho finalmente dato un volto a chi mi aveva salvato il futuro.

Stavo rientrando da un tour in Brasile, avevamo tutti le valigie con il logo della Parsons. Ero insieme a Ian, uno dei ballerini con cui ballavo in coppia, quando si avvicinò un ragazzo di colore, bellissimo. Mi chiese se fossi della Parsons e mi raccontò che tre anni prima aveva trovato i miei documenti. Si chiama Greg, è diventato mio amico.

Non ballava più da tanto, aveva finito i soldi. Quell'anno di scuola omaggio lo aveva riavvicinato alla danza. Mi stava dicendo grazie anche se in realtà avrei dovuto dirglielo io: non aveva idea di quanto il suo altruismo mi avesse salvata! Ci siamo ringraziati reciprocamente a lungo, tra le risate, e quando oggi ci ripenso ho la conferma che nelle tante cose che mi sono successe nella vita, la gentilezza ha avuto un ruolo importante. Greg ne è sicuramente un esempio e conoscerlo per poterlo ringraziare di persona ha significato tanto per me. E per sdebitarmi, almeno un po', quella sera lo invitammo a cena.

Gli incontri non avvengono mai per caso.
E sono convinta che le persone simili si riconoscano

E così, recuperati i miei documenti, avevo di nuovo la possibilità di restare. Ho un ricordo nitido dei primi mesi a New York, della ricerca della casa in cui abitare, della lingua da imparare, dei passi impossibili che dovevano diventare possibili. Ricordo l'estrema difficoltà, la sensazione di essere in cerca di un equilibrio che non riuscivo a trovare. Come la casa d'altronde.

Durante il primo anno ne cambiai otto.

È impossibile sentirsi "a casa" quando si vive con la valigia aperta ai piedi del letto e infatti mi sentivo estremamente "provvisoria". Mi capitava di dover dormire in albergo tra una sistemazione e l'altra, cercando di non spendere troppo e finendo in vere e proprie topaie che mi facevano venire voglia di casa, intesa come Italia.

Ma quando hai un sogno così grande
non importa dove stanno i tuoi piedi,
conta quanti passi vogliono fare

E così chiamavo i miei, percepivo tutto l'amore e il supporto che mi avevano fatta arrivare fin lì. E li trasformavo in energia, da rimettere in quei piedi che ora dovevano solo ballare.

Poi, grazie ai colleghi, trovai un posto in cui stare. E tutto è diventato un po' più facile.

Dopo il mio primo spettacolo a Bryant Park iniziai a viaggiare. Ho visto l'America vera, quella che non vedi nei film, dove ogni spettacolo era di fronte a un pubblico diverso, dove c'era chi si entusiasmava di più e chi sembrava lì per caso ma, a mano a mano che ci guardava, non staccava più gli occhi dal palco. Data dopo data, l'affiatamento con la compagnia cresceva e la solitudine ha iniziato a pesare di meno. Eravamo in giro, ma eravamo insieme. Abby per me è stata fondamentale. Non so che cosa avrei fatto senza di lei, non potrò mai sdebitarmi per tutto l'aiuto che mi ha dato. In ogni viaggio ci sedevamo vicine, lei mi insegnava l'inglese e io l'italiano, non dormivamo mai, ci sostenevamo a vicenda.

Andammo anche in Israele, nel mio primo tour internazionale. Iniziavo ad avere alcuni pezzi singoli, ma guardavo i miei compagni stare sul palco ininterrottamente, con cambi d'abito da gestire in trenta secondi, e mi sembravano supereroi. Era tutto bellissimo. Osservavo, imparavo, sognavo di ottenere più pezzi, di meritarmeli. E mi divertivo. Dopo ogni spettacolo stavamo insieme, uscivamo, andavamo a ballare.

Ogni tanto Abby si sentiva poco bene.

La bellezza conta, mentirei se dicessi il contrario.

E sarei falsissima se dicessi che la bravura è l'unica cosa importante.

Eppure se sei bella e non sei brava non vai da nessuna parte. Ma allo stesso modo, se sei solo brava e non hai un aspetto fisico impattante, sei svantaggiato.

L'ho visto con i miei occhi. Conta, anche nel teatro ad alti livelli. Non parlo di una bellezza oggettiva, ma devi avere carisma. Il carisma è bellezza.

Ho conosciuto persone oggettivamente brutte, che non rientravano nei canoni estetici correnti, eppure "bellissime". Avevano espressività. Io so di avere lineamenti regolari, non ho sproporzioni, non sono particolare.

E so che ha influito nella mia carriera.

Sì, io so di essere bella.

Ma la verità è che non mi sento bella.

E quindi non conta quanto te lo dicano, quanto sia "evidente". Le insicurezze di ognuno di noi hanno la meglio su qualsiasi oggettività.

Ci ho lavorato tantissimo, per arrivare a volermi bene. Per vedermi bella.

Non sono alta come vorrei. Ma ho capito che se lo fossi stata di più non avrei potuto saltare come faccio.

Non amo le mie ginocchia, che sono valghe, rivolte all'interno. Ma ho capito che è grazie a loro se ho questa stabilità.

Ho le spalle larghe, più larghe del bacino. Ma ho capito che se non fosse così, avrei una presenza diversa sul palco.

Ho il naso storto perché ho preso una gomitata al liceo, ho portato l'apparecchio perché avevo i denti sporgenti.

Ho lavorato su di me, ho imparato ad accettare quelli che ritengo dei difetti. E non importa quanto le altre persone ti dicano che sei bellissima, se non ti piaci tu per prima. Ma è giusto provare a piacersi, è giusto accettarsi. Perché viviamo seguendo canoni estetici imposti e io le vedo le ragazzine che si assomigliano sempre di più. E vorrei che sapessero quello che ora so io: è nella diversità che ci si riconosce.

Amo la mia energia perché mi rende bella anche ai miei occhi.

So che quello che mi piace di me non è il mio aspetto fisico, ma quello che faccio e come lo faccio.

Ci metto entusiasmo. La mia bellezza non passa solo dai miei lineamenti, ma dal mio modo di vivere.

Io nella vita faccio quello che mi piace. Non sono annoiata o arrabbiata per qualcosa. Non sono risentita. Anche quando mi succedono cose spiacevoli.

Io sono serena. E questo senso di serenità, questo benessere, lo trasferisco in quello che faccio e nelle persone accanto a me.

Questo è il mio modo per cercare di essere bella.

Una bella persona.

È un percorso che ognuno di noi dovrebbe fare. E se oggi mi criticano e mi dicono che ho troppi muscoli, che sembro un uomo, a me non importa più. Perché sono forte. Perché so che quel muscolo in più è il frutto di qualcosa, il risultato di quello che faccio. La femminilità non passa da un muscolo, la bellezza non passa dall'estetica. Ma i commenti possono ferire. E anche costringerti a rincorrere un modello di perfezione che non esiste. Una bellezza ideale. Ma ideale per chi?

Io non voglio essere perfetta. Io non voglio essere bella. Io voglio essere riconoscibile.

Puntiamo alla nostra unicità, puntiamo a sentirci bene con noi stessi.

La bellezza più importante è quella dentro di noi.

10
Abby

Non credo nella fortuna,
non credo alle gratificazioni senza fatica.
Ma so che alcuni eventi possono influenzarne altri.
E che essere al posto giusto al momento giusto
spesso conta

Abby era incinta. Avremmo dovuto capirlo da piccoli segnali. Da quei bicchieri che le sfuggivano di mano. Da quei malesseri che arrivavano all'improvviso.

David mi disse che avrei preso il suo posto.

Non è facile essere sostituti, in nessun campo. Se sei la prima ballerina di una compagnia, cerchi di tenerti quel ruolo con le unghie e con i denti. Ma Abby aveva deciso qual era la sua priorità: aveva ottenuto quello che voleva, nella carriera. Ora era tempo di dedicarsi alla vita. Mi ha insegnato tutto con una generosità rara. Non ha mai manifestato invidia o gelosia nei miei confronti. È sempre stata una persona in pace, risolta, serena. Mi ha insegnato ogni sua parte come se dovesse ballare ancora. Non mi ha mai trattata come l'ultima arrivata, non ha mai vissuto la mia presenza come un torto; non ero quella che le avrebbe rubato la parte, bensì quella che la stava aiutando. Le permettevo di avere il suo bambino, perché prendevo il suo posto e le consentivo di stare lontana, serenamente. Ho visto il suo orgoglio, quando ho imparato le parti. Ho visto la sua felicità.

Non è scontato.

Abby ha undici anni più di me, non aveva nessun rimpianto riguardo alla carriera. E credo neanche riguardo alla sua vita in generale. Certo, voleva ancora ballare: qualsiasi ballerino vorrebbe ballare fino alla morte. Ma la sua competenza, la sua sicurezza, le hanno sempre permesso di essere serena.

La sua priorità non era più il palco, ma il bambino che portava dentro di sé.

È stata il mio esempio. Non giudicava nessuno, dava sempre il massimo. E ogni tanto mi chiedo se arriverò mai a quella sicurezza, a quello stato di serenità che ti permettono di guardare al di là della carriera. Ho imparato così tanto da Abby, che per me è stata un modello, che la risposta è sì: credo che mi abbia mostrato ciò che vorrò essere il giorno in cui desidererò avere una famiglia.

È stata fonte di grande ispirazione per me. Mi sono ritrovata catapultata in una compagnia dove non erano tutti come Abby: c'erano artisti che eccedevano, ho visto fumo, alcol, ma il mio esempio reale è stata lei. Il collante del gruppo, sempre pronta a divertirsi, ma nel rispetto delle regole. Sapeva unirci umanamente, bilanciava le nostre diverse personalità.

Mi ha preso sotto la sua ala e io ho capito come volevo diventare. Tenendo conto delle mie caratteristiche, del mio carattere diversissimo dal suo, mi ha fatto capire quanto i valori importanti fossero, di nuovo, la gentilezza, l'umiltà, la generosità.

Li avevo imparati dalla mia famiglia, li ho ritrovati in lei. Mi sono successe tante cose e tante ancora me ne succederanno, ma mi aggrappo con forza a quei valori. Quando le cose vanno bene, ma anche quando vanno male. Stiamo vivendo un momento storico importante: la pandemia ci ha isolato e provato, abbiamo dovuto guardarci allo specchio e scontrarci con le nostre paure più profonde, e pensavamo di ritrovarci insieme migliori. E invece mi sembra che la cattiveria e l'arroganza conquistino sempre più spazio. Si fa notare chi alza la voce, diventiamo tutti bravi a commentare, attaccare, criticare. Io non voglio essere così. Non voglio giudicare, se non so. Non voglio criticare, come se ne sapessi di più. Io non so molto, ma so bene che la gentilezza è l'unica strada possibile, in un mondo che vive una crisi. Che l'ascolto è più importante dell'attacco. Che la comprensione dell'altro e la condivisione possono farci stare meglio. Voglio trasmettere questi valori, voglio riconoscerli nelle persone attorno a me.

Viviamo un periodo
dove l'odio prende il sopravvento.
Io voglio che vinca l'amore

Abby rimase con me, per supportarmi, per guidarmi, fino all'ultimo. Con il suo pancione si metteva nel backstage, mi guardava ballare, come se ballasse lei. Era l'ultima persona che vedevo prima di salire sul palco e la prima che incontravo quando scendevo.

Oggi vive in Italia. Marco è dovuto tornare per stare vicino a sua madre e la famiglia si è trasferita con lui. E così, da Manhattan si è ritrovata a Rovato, un paesino dove la realtà della danza passa dalle scuole per bambini. A volte dà lezione a tre persone per classe. Eppure è felice, non si è mai pentita della sua scelta. Ha due figli e rimane la mia artista preferita: per il suo cuore, per tutto quello che ha fatto per me, per avermi mostrato che il corpo di una ballerina può cambiare, quando si è pronti.

Penso spesso alla maternità. Ci ho sempre pensato. Amo i bambini. Quando vado al mare capita che mi ritrovi circondata: si avvicinano le bimbe piccole, le ragazzine mi tempestano di domande. Starei tutto il giorno con loro. So che un giorno sarò mamma. Non so quando, ma ci penso. E penso anche al mio corpo, a come cambierà.

Quando lavori con il corpo, la maternità assume un peso cruciale. Avere un figlio è una decisione importante qualunque lavoro si faccia, ma quando c'è di mezzo la danza è assicurato uno stop. Senza sapere se sarà possibile riprendere. Può fare paura. E non è una questione di aspetto fisico, ma di prestazioni. Una gravidanza ti costringe a stare ferma per molto tempo. L'ho visto succedere anche con gli infortuni: puoi fermarti e riprendere, ma il fiato, il giro del corpo, il salto, ne risentono. Abby ha ripreso a ballare, si può fare. Ma non sei più quella che eri prima. È normale avere paura.

Eppure io sono sicura che questa paura sparisca, quando succede, se lo desideri tanto. Me lo ha insegnato Abby, l'ho visto con i miei occhi. Se hai vissuto bene la tua carriera, se sei soddisfatta di quello che hai fatto e hai chiaro quello che desideri fare, se stai bene con te stessa, non ci sono ostacoli, puoi vivere tutto serenamente.

Vorrò un bambino. Ma prima ancora vorrò un partner, un uomo con cui farlo, che mi ami come Marco ama Abby, che io possa amare come Abby ama Marco.

Le priorità cambiano,
quello che ti sembra importante oggi
potrebbe finire in secondo piano domani.
Non perdere mai di vista i tuoi obiettivi.
Tu sai che cosa desideri?

Io sognavo di diventare una prima ballerina. E grazie a Abby, con Abby, è successo. Sono stata la prima ballerina della Parsons Dance per sette anni. Sono tornata in Italia per mia scelta, quando ho sentito che era arrivato il momento, ma non sono riuscita a dire addio a David e ho continuato a lavorare anche per lui, facendo avanti e indietro, cercando di non rinunciare a nulla. Non perché volessi rendermi la vita più difficile di quanto già non fosse a livello organizzativo, ma perché ho sempre e solo saputo seguire il cuore. E il mio cuore non era ancora pronto a lasciare New York definitivamente. E forse non lo sarà mai. Ora sono lontana dall'America e spero di non doverla lasciare per sempre, perché in realtà non ne potrei fare a meno.

Sono tornata per "Amici".

Mi avevano già chiamata dopo pochi mesi che ero in America, ma non ero ancora pronta a tornare a casa. La mia vita lavorativa era perfetta, a livello di stimoli e passione. Dopotutto in tre anni avevo anche fatto molte esperienze, vissuto la città. Dalla redazione mi chiesero nuovamente di tornare: forse era ora davvero. Era cambiata la produzione, c'era un nuovo direttore artistico. Sapevo benissimo chi era Giuliano Peparini e sapevo quanto la sua visione avrebbe arricchito il programma.

Ricordo quella telefonata, ricordo la tentazione.

Ne parlai con David. «Mi hanno chiamata, farei quest'esperienza.» Glielo dissi tranquillamente, forse anche ingenuamente. Non avevo ancora capito i suoi progetti su di me, il suo investimento. «*Are you serious?*» Gli cambiò lo sguardo. «Con quale coraggio decidi di prendere e lasciare tutto così su due piedi? Non sai quello che fai.» Da lì a un mese saremmo partiti per il primo tour asiatico della compagnia. «Non si lascia la compagnia così.» Fu molto duro. Il tempo di rientrare alle prove e mi richiamò, offrendomi un ingente aumento di stipendio; ne fui molto lusingata, ma non rimasi di certo per i soldi. Mi disse che in Cina avremmo portato *Remember Me* e che sarei stata la protagonista. Era lo spettacolo a cui avevo partecipato appena arrivata, quello in cui Abby, quando ballava, splendeva. Richiamai "Amici", dissi che sarei rimasta a New York con David.

E siamo partiti per la Cina, di fronte a queste masse oceaniche di persone silenziose e super-rispettose che riempivano i teatri. E alla fine dello spettacolo, quando chiedevano il bis e le luci si accendevano in sala, li vedevo piangere per questa storia tristissima: Marie, contesa tra due amici, alla fine si uccide. Quello spettacolo ha una storia molto forte, che mi vede impegnata sul palco per un'ora e un quarto senza mai una pausa. La mia prova forse più impegnativa.

Forse la più bella. Se non considero il *Caught*.

Ci saranno sempre scelte da fare.
Sta a te capire a cosa tieni di più.
Non te lo può dire nessuno

Non voglio essere un modello per nessuno, ma sento la responsabilità di mostrarmi in modo pulito, di farmi conoscere per quello che sono, senza trucchi acchiappalike, per qualche follower in più. Voglio essere onesta con chi mi segue, sui social come nella vita reale.

Voglio comportarmi bene. Lo sto facendo. Sto andando nella direzione giusta.

11

Un incontro magico

Ascolta con le orecchie,
impara con il cuore

Otto anni dopo aver riempito la valigia per New York e migliaia di chilometri percorsi, su e giù per il mondo, quando ero già tornata ad "Amici", mi richiamò David per queste date incredibili in Oriente. A Hong Kong conobbi Heather Parisi. Lei vive lì da anni, io ci arrivavo dopo sette settimane di tour in Cina. Ero stanca, tutta la compagnia era ormai allo stremo perché, come sempre, quando arrivi alla fine di un tour i muscoli iniziano a farsi sentire, la fatica anche.

Il gruppo ormai era cambiato, il mio dream team non esisteva più. Avevamo imparato a conoscerci, diventando una nuvola sincronizzata quando ci muovevamo sul palco. Conoscevamo i nostri respiri, ci sentivamo onnipotenti ma, come spesso accade, basta che inizi ad allontanarsi un elemento del gruppo e a poco a poco tutto cambia. Mi sono ritrovata laggiù con persone diverse ed è stato tosto, ma non per questo brutto.

David mi aveva richiamata per ridarmi il mio ruolo

e io me lo ero ripreso molto volentieri, cercando di rimettermi in sintonia con il resto dei ballerini nel minor tempo possibile. E ora, dopo sette settimane, iniziavo a sentire che volevo tornare a casa. Ero stanca, chiesi di potermi fermare per qualche spettacolo, ma la ragazza che poteva sostituirmi in scena era svenuta durante l'assolo. Mi sono ripresa il palco, ho dovuto, entrando in scena al volo, preparandomi in meno di tre minuti, ma non ce la facevo più.

Il corpo a un certo punto raggiunge il suo limite, ti manda dei segnali. Puoi decidere di ignorarli, ma lui ti parla e sarebbe meglio ascoltarlo. È da sempre così per me. Capita a vent'anni come a trenta: se tiro troppo il corpo poi non ce la fa più. E mi sveglio al mattino più stanca di quando sono andata a dormire. Si impara negli anni come recuperare per poter essere in scena di nuovo, la sera. Si impara ad ascoltare il proprio corpo, per non arrivare mai al punto di rottura, una metafora che in questo caso è anche molto reale. Quanti infortuni ho visto succedere per la troppa stanchezza, per un movimento sbagliato fatto senza ascoltare il corpo.

E così ho ballato lo stesso. Ed è una magia, quando succede. Perché è come trovare energie che non sai neanche di avere e invece sbucano fuori per incanto. Ho ballato bene.

Il giorno dopo mi sentivo in forma e capii che potevo arrivare alla fine del tour, che ce l'avrei fatta.

Lasciati sorprendere da incontri improvvisi,
impara da chi consideri il tuo maestro
e non aver paura di cambiare idea

Entrai in camerino prima dello show e ci trovai Heather Parisi con tutta la sua famiglia. Suo marito Umberto e i suoi due gemelli, Elizabeth e Dylan. Non sapevo neanche che mi conoscesse, mai mi sarei aspettata che mi venisse a vedere. Era bellissima. Indossava una camicia bianca, dei sabot di Gucci, una giacca scura. E mi sorrideva, con il suo ampio sorriso e gli occhi coperti da grandi lenti scure. Credevo di sognare. Mi abbracciò come se mi conoscesse da una vita. Ero felicissima e un secondo dopo terrorizzata. Avrei dovuto ballare davanti a lei, il mio idolo d'infanzia, il modello da seguire. Sono cresciuta guardando i suoi video insieme a mia mamma. Senza averglielo mai potuto dire. Finalmente quel giorno ebbi l'occasione di raccontarglielo. Fu sorprendente. Fu una sorpresa. Chiamai Becca, feci preparare il camerino per gli ospiti, li misi a sedere in prima fila. E quella sera ballai come se non ci fosse un domani. Esagerai nel rischio, nell'improvvisazione, più di quanto facessi di solito. Diedi tutto, concentrandomi al massimo, e dove potevo fare cinque giri ne feci uno in meno per poterle dimostrare che ero brava, tenendo il relevé per lei, il più a lungo possibile. Nelle parti di dramma misi tutta la mia capacità espressiva. Il teatro era pieno, ma io ballavo solo per lei. E feci *Remember Me*.

Quando lo spettacolo è finito lei mi aspettava. Attese che il teatro si svuotasse e, mentre i tecnici smontavano il palco, ci sedemmo davanti alla platea; lei mi prese le gambe e le appoggiò sulle sue, accarezzandomele come fossi sua figlia. Mi disse parole stupende. «Mi rivedo tanto in te» credo sia stato il complimento più bello che potessi sentire.

«Tu sei il mio idolo» riuscii a risponderle. Lo avevo

sempre dichiarato nelle mie interviste, sapevo di non stare mentendo. Mi disse che le sarebbe piaciuto ballare con me e avrei voluto dirglielo io, perché è sempre stato un mio sogno. E poi mi disse la frase che da allora mi risuona nella testa.

«Non avere fretta.»

Dovetti chiederle spiegazioni, non sapevo a che cosa si stesse riferendo e avevo un grande bisogno che me lo spiegasse, perché sentivo che Heather, in quel momento, stava parlando con me a cuore aperto.

«In che senso?»

«Non avere fretta nell'amore, non avere fretta di trovare la persona giusta. Gli anni passano, ci sono scelte da compiere e io ne ho fatte tante, ma il vero amore l'ho trovato a cinquantun anni. E ora ho due gemelli. E forse l'ho trovato perché mi sono fermata. Ma non avere fretta di fermarti.» Mi chiese se fossi innamorata, se accanto a me ci fosse qualcuno e le confessai di non riuscire a legarmi a nessuno. Sono una nomade, non riesco a vivere in una relazione, perché i viaggi, i tour, il lavoro, la danza, vengono sempre prima di tutto. «Se anche mi passasse accanto il vero amore, non so se saprei riconoscerlo.»

È stato un incontro importante per me e le sue parole, soprattutto quelle sull'amore, mi hanno aiutata. Mi hanno calmata. È ovvio che ci pensi, all'amore. È ovvio che veda il tempo passare e mi chieda spesso se sia normale non avere nessuno, non riuscire a legarmi a qualcuno "per sempre". Ma grazie a quelle parole, ho sentito che per ora poteva andare bene così. Che non dovevo avere fretta. Non devo averne. Heather Parisi si è presa il tempo per stare con me: è stato un momento molto intimo che è rimasto scolpito nella mia memoria. Sono riuscita ad aprirmi con lei come raramente mi capita, perché ho visto che la sua presenza lì, accanto a me, era sincera, era voluta. E quando l'accompagnai all'uscita mi salutò con un'ultima frase bellissima: «Non devi ringraziare nessuno, solo te stessa». E mi venne da piangere, perché mi aveva capita. Vado fiera della mia integrità, del non dovere niente a nessuno, della mia libertà. E lei l'aveva vista: «*You're free*», sei libera.

Sono libera.

È stata la forza di cui avevo bisogno, mi ha ridato tutta l'energia che cercavo. Finii le due settimane di tour che mancavano con uno spirito rinnovato e una nuova visione di me, del mio tempo, e per questo le sono grata.

Poi mandai un video a mia mamma per raccontarle tutto.

Non ci poteva credere neanche lei!

La memoria è preziosa.
Conserva il ricordo dei momenti speciali,
per riviverli in quelli di difficoltà

L'amore arriverà. Succederà. Mi metterò con qualcuno, formeremo una famiglia. È un mio obiettivo, non perché me lo sia prefissata, ma perché se penso al mio futuro immagino di avere dei bambini, qualcuno da amare, qualcuno da cui tornare. Non ho fretta di innamorarmi, ma so anche che non vorrò stare da sola per sempre e che mi piacerebbe avere qualcuno accanto. Più passa il tempo più l'esigenza di avere una persona da amare, che mi ami, è forte. Penso spesso ai figli, alla famiglia, e non credo sia solo una questione di orologio biologico. È un desiderio, forse un valore. Sono cresciuta con David che non ha fatto altro che ripetermi che avrei dovuto riempirmi la vita, senza pensare solo al lavoro. Lui è rimasto da solo, oggi ha quasi sessant'anni ed è questo il suo più grande rimpianto. «*Look at Abby*», «Guarda Abby, fai come lei. Che danzava, che ha messo la famiglia al primo posto. Impegnati in quello che fai, il percorso del fuoriclasse è questo. Ma non dimenticare mai che quello che conta è la famiglia, il tuo nucleo». Me lo ha ripetuto tante volte, e l'ho sempre pensato anche io.

Non è ancora arrivato quel momento, eppure è come se ultimamente sentissi le sue parole sempre più spesso. Io non so quando succederà, ho imparato a non aspettarlo, a non avere fretta. Spero che succeda un giorno, in modo naturale. Perché, se devo essere sincera con me stessa, io oggi non sarei pronta a rinunciare alla danza, ma posso ancora rinunciare all'amore. Eppure so che non potrò farne a meno per sempre. Le cose succedono quando devono succedere, siamo noi che indirizziamo le nostre scelte. Incontrerò la persona giusta quando sarà il momento e forse non è ora, perché se dovessi scegliere tra prendere parte a un progetto e innamorarmi, oggi sceglierei ancora il lavoro.

E mi chiedo se sia sbagliato pensare così. Ma sbagliato per chi?

Per me quello che conta è la felicità e io quando ballo sono felice. Oggi io sono felice, anche se ho rinunciato a tanto, anche se sono da sola. Sono sempre stata felice. E credo che sia questa l'unica cosa importante. L'unica risposta giusta è sempre la felicità.

12

La fine del sogno?

Non farti mai fermare dalla paura.
Ascoltala, accettala, superala

Dopo due anni che stavo a New York ho incontrato Mark.

Ci eravamo conosciuti a un gala. Non era un uomo che si notava: aria intellettuale, look da hipster, carnagione molto chiara, rossiccio di capelli. Un regista. Me lo ha presentato David, ci ho chiacchierato volentieri da subito, con il mio accento terribile. Per scoprire dopo ore che parlava benissimo italiano, grazie a una nonna abruzzese e l'altra molisana. Mi è stato immediatamente simpatico, ci siamo scambiati i numeri di telefono. E ho iniziato a uscirci.

Gli devo il mio inglese. Lo facevo ridere, per come lo parlavo. Mi disse che parlavo come una ballerina (e mi offesi), gli chiesi di insegnarmi a parlare come una persona (e gli fui grata). Mi ritrovai a studiare, a leggere e a chiacchierare per ore con lui. Era un artista, con la A maiuscola. Anch'io mi sento un'artista, ma in modo diverso. Per me l'arte è energia, per lui ricerca, che a volte influenzava il suo stato d'animo rendendolo quasi depresso. Leggevo ad alta voce per lui, senza capire le parole, allora me le spiegava e io le scrivevo. Riempivo quaderni, imparavo finalmente a parlare. Mi aveva regalato un vocabolario che mi portavo sempre dietro, libri di poemi tascabili che infilavo nella borsa. Ho iniziato ad andare a teatro e tutte le sere mi portava a vedere uno spettacolo diverso. Nel giro di pochi mesi mi aveva insegnato a esprimermi al pari di tanti miei colleghi, forse anche meglio, con un lessico completo, con una scelta di termini che non erano più "da ballerina", per quanto fosse stato offensivo sentirmelo dire. Avevo capito ora che cosa intendesse. Ora che riuscivo a parlare.

Dopo Enrico non ero più riuscita a legarmi a nessuno. Mi invaghii di Mark. Mi piaceva. Ho anche creduto di potermi innamorare, ma in realtà sapevo che qualcosa non andava. Mi aveva idealizzata così tanto che, nonostante fossi più giovane di lui, quest'adorazione era troppo. Mi intimoriva. Non mi permetteva di avvicinarmi perché era già troppo vicino.

Siamo stati insieme quasi nove mesi. E mi ha fatta sentire in colpa perché non provavo quello che provava lui. Se venivo in Italia, mi raggiungeva anche solo per ventiquattro ore per farmi una sorpresa, per stare con me, e poi rivolava via, a New York. Mi guardava negli occhi e mi diceva che voleva che fossi la madre dei suoi figli. Era troppo per me. Apprezzavo la sua esperienza, gli devo tanto per quel periodo da intellettuale che ha migliorato la mia permanenza in America. Mi ha fatto vivere momenti bellissimi, eppure… Eppure non poteva funzionare.

E quando mi sono fatta male, è diventato evidente.

Il 12 giugno del mio secondo anno alla Parsons Dance mi ruppi il ginocchio sinistro.

Stavo facendo un salto e mi accasciai a terra. Un semplice *tuc*, un suono sordo: il menisco che cedeva. Ho scoperto poi che era rotto già da nove mesi. Sentivo male, ma era sopportabile, mi dispiaceva non riuscire a stare sulle ginocchia, ma non avevo voluto controllare. Non volevo andare a farmi visitare perché ero consapevole che c'era qualcosa che non andava, e non volevo interrompere le prove.

David capì subito che cos'era successo e mi costrinse ad andare da un dottore che ormai non praticava più, ma che negli anni Novanta lo aveva operato a entrambe le ginocchia, che aveva operato anche Nureyev e Baryšnikov. Voleva che mi vedesse.

Un luminare, il suo medico, la persona di cui più si fidava in caso di infortuni.

Quando il dottore mi disse che era necessario l'intervento mi crollò il mondo addosso. Fermarsi voleva dire la fine? Non ero mai stata in ospedale, lo vivevo come la fine di un sogno. Avrei dovuto smettere?

Scoppiai a piangere di fronte a questo dottore sensibile e supertimido. «Dottore, io devo ballare», glielo dissi in italiano. Con una dolcezza infinita, un po' imbarazzato, mi diede una leggera pacca sulla spalla e mi tranquillizzò: «Ti opererò io».

Penso davvero che la fortuna non esista, nella conquista dei propri obiettivi e sogni, ma la riconosco negli incontri di cui è costellata la mia vita. E il dottor Wise è stato una mia grande fortuna.

Il 20 giugno, tre giorni dopo il mio compleanno, feci l'operazione. Non avevo chiamato nessuno, non avevo detto ai miei di venire. Non perché non li volessi lì con me, anzi. Ma perché non volevo che si preoccupassero e soprattutto non avevo capito quanto delicato sarebbe stato l'intervento. Avevo sottovalutato il decorso post-operatorio, pensando che mi avrebbero fatto una semplice anestesia locale; oggi so che sarebbe stato giusto che venissero. Ma io quel giorno presi un taxi, da sola, e andai in ospedale. Mark è arrivato subito. Era preoccupato, e anch'io lo ero. Eppure averlo lì non mi faceva sentire meglio. È in quella stanza che credo di aver capito di non aver bisogno di lui. Che c'era un'unica cosa di cui avevo davvero necessità, per vivere e respirare. Ed era la danza. Ed era, in quel momento, il mio ginocchio.

David era lì, per me. Non versai una lacrima, ero tesa come una corda di violino, ma cercavo di farmi coraggio, lasciando la sedia a rotelle che mi avrebbe accompagnato in sala operatoria tra le mani dell'infermiere, nonostante mi fossi resa conto che mi avrebbero fatto l'anestesia totale (una prassi abbastanza comune in America, te la fanno anche per togliere i denti del giudizio, ma allora non potevo saperlo). Pensai a mia mamma, avevo paura. E al risveglio dissi: «Ho sognato che stavo facendo il *Caught*!», l'assolo dove si vola, la cosa più bella per me, inventata da David. L'assolo che nessuna donna aveva fatto mai, io l'avevo sognato. E non sapevo neanche se avrei potuto ballare di nuovo. David si mise a ridere, fu felice di vedere che stavo bene e ancora più felice di sapere che la mia gamba sarebbe guarita. Era andato tutto bene, avrei dovuto riposare e fare fisioterapia.

Dopo due ore ero già su un taxi diretta a casa. Il mio coinquilino era via e avevo bisogno di aiuto. Lo capii molto presto, quando mi ritrovai accasciata in bagno, per il dolore, senza riuscire a rialzarmi. In quel momento fui presa dal panico, fino a che non vidi una farfalla entrare dalla finestra. Io non credo agli angeli, non credo alle esperienze spirituali, sicuramente mi hanno sempre affascinato, ma sono troppo razionale per cercare segni "magici" attorno a me. Eppure quel giorno, mentre non riuscivo a sollevare la gamba, in preda a un dolore fortissimo, guardai quella farfalla e pensai subito a mio nonno. Era mancato da poco, e sentii la sua presenza lì con me. Rimasi a terra per mezz'ora e la farfalla se ne andò solo quando riuscii ad alzarmi.

Presi il telefono e chiesi aiuto.

Mark mi è stato di grande supporto, mi ha assistita in ogni momento libero, e gli ero riconoscente. E mi sentivo in colpa. Ma non ce l'avrei fatta senza di lui. Veniva a controllare di cosa avessi bisogno, andava a lavorare, tornava per stare con me.

Iniziai la fisioterapia e fu durissima. Il dottor Wise mi aveva prescritto otto settimane di riposo e cure, prima di tornare in sala. Lo dissi a David.

«Vuoi dire quattro.»

«Ehm, no, il dottore ha detto otto.»

«Ok, ho capito, quattro.»

«...»

Non mi lasciava il tempo di riprendermi. Dovevo guarire prima, quando lo diceva lui. Mi faceva male. Dopo due settimane di terapia con un lavoro massacrante sul ginocchio, volai a Pescara. So bene che per David sarei dovuta restare lì, a lavorare duramente sul mio ginocchio, a metterlo sotto sforzo, senza sosta. Ma volevo tornare a casa, potevo farlo prima di riprendere le prove. Volai a Pescara. Ne avevo bisogno.

Estate, mare, mi riposai. E lasciai Mark. Perché mi ero innamorata di Lorenzo.

Artista pescarese un po' concettuale, professore universitario di storia dell'arte. Lo conoscevo di vista. Ci siamo conosciuti meglio. Ci siamo innamorati. Facevo pazzie per vederlo. Se ero in tour e avevo due giorni di off, lo raggiungevo, pur di stare qualche ora con lui. Lui faceva mille scali per arrivare da me. Mi piaceva in tutto. Un'attrazione così forte non l'avevo mai provata per nessuno. Era sensibile, buono. Molto bello.

Eppure, quando in seguito venne a New York, per restare, io mi tirai indietro. Avevo ventidue anni. Ero piccola. Eravamo piccoli. Potrei dare la colpa all'età.

La verità è che mi tiro sempre indietro. E non lo so perché. Forse è solo paura di non dover pensare più solo a me. Forse è paura di crescere. Forse è paura di perdere la mia libertà. Ma l'amore non fa paura. E allora penso che semplicemente non è ancora mai stato amore.

L'amore vero rappresenta libertà,
non toglie, dà

Quando tornai in America ero persa di Lorenzo. Mark venne a suonare al mio campanello nell'istante in cui misi piede a New York. Non rispondevo al telefono, si presentò sotto casa. Sbagliò il momento, sbagliò il modo. Ero piena di nostalgia, mi mancava tutto, l'Italia, i miei genitori. Mi mancava Lorenzo. E lui me lo lesse in faccia e si comportò da signore anche quel giorno. «Avrei preferito me lo dicessi.» Mark mi amava. Lo scrisse anche nell'ultima scena di un suo film, "Elena ti amo", con la bomboletta, sul muro che si vedeva dietro ai due protagonisti. Ma io non amavo lui. Però gli vorrò per sempre bene.

Le persone importanti restano, anche quando se ne vanno

Tornai in studio. Erano passate le quattro settimane, era ora di riprendere. David mi toccò la gamba e si arrabbiò come non si era arrabbiato mai. «Ma che cosa hai fatto? Non te ne frega niente del tuo mestiere?» Il muscolo era debole, lui ci era passato, sapeva quanto lavoro ci fosse da fare dopo un'operazione e io non lo avevo fatto. Fu molto aggressivo e mi portò le sue cavigliere. Mi sarei presentata in studio ogni giorno un'ora e mezzo prima, per fare gli esercizi del ginocchio. Mi seguiva, mi criticava, diceva no a qualsiasi mio esercizio. Minava la mia sicurezza. «Sei un'incapace, non sai usare i muscoli, sei pigra.» Esagerava, sapendo di stare tirando la corda.

Ma io non rispondevo mai. Lavoravo, tenevo la testa bassa e i denti stretti per non lamentarmi, quando mi faceva troppo male. Non volevo deluderlo e sapevo che forse lo avevo già deluso.

Fino al giorno in cui mi disse: «Farai il *Caught*».

Lo avevo ottenuto.

Avrei fatto l'assolo più importante.

E sarei stata la prima donna a farlo.

Mi aveva messo di nuovo, per l'ennesima volta, alla prova.

E a quanto pare, ancora con un ginocchio da guarire, l'avevo superata.

Ma non era finita.

Mi chiese di ballare in Alaska da lì a pochi giorni. Non ero ancora a posto. Ma quello che David decideva, andava fatto.

«Hai paura?»
«Sì.»
«Non te la senti?»
«No.»
«Te la senti?»
«Ok, provo.»

Avrei voluto tirarmi indietro, ma non mi faceva bene farlo. Non mi ha mai permesso di scegliere davvero. E così ripresi a ballare. Saltavo, sentendo dolore.

Ma il *Caught* è stata la mia vera terapia.

Mi sono buttata.

E sono guarita.

Il *Caught* è l'assolo che David Parsons ha creato nel 1978. È un gioco di luci e buio, dove il ballerino, quando si accendono due flash, a intermittenza, inizia a ballare. E salta, quando la luce si accende. Ed è come volare.

È stata la fatica più grande della mia carriera, ma anche quella che mi ha resa più forte. La più bella, la più coraggiosa, la più incredibile. Ho iniziato a girare il mondo con la compagnia, grazie a questo pezzo, e sono diventata la *Caught woman*. È piaciuto ovunque, ne ho sentito la responsabilità e… il dolore. Mi sono dovuta fermare spesso, per infiammazioni croniche. Ma ho anche imparato a convivere con il dolore e la periostite cronica agli stinchi, il dolore al coccige, la mancanza di sonno per tanti mesi.

È stato fantastico.

La danza è anche la mia condanna. È forza, è libertà, è la mia fede, è ossigeno, ma allo stesso tempo è la mia più grande sofferenza e paura. Ho paura di quel che sarà e spesso cerco di non pensarci. Ma la consapevolezza che tutto cambierà è come un'ombra che mi segue ovunque. Quando penso che non sarà così per sempre, che non lavorerò in teatro per sempre, non andrò in TV, non avrò più il mio palco, mi chiedo come farò. Sarà come quando finisce un grande amore? Ballerò per sempre, questo lo so, è una certezza. Ma non sarà più come è ora. Rimarrà il ricordo delle sensazioni che provavo quando lo facevo? La danza sarà sempre con me, rimarrà in altre forme, cardine della mia esistenza, però la forma, quella più viva e completa... quella tra un po' di tempo sarà soltanto un ricordo.

Mi intristisce pensare che un giorno succederà, che un giorno non ballerò più così.

È uno spettro con cui, se veramente sposi questa passione, vivi tutti i giorni della tua vita e più passa il tempo, più si avvicina il momento in cui diventerà realtà. E non è questione di successo o celebrità, di TV e telecamere o palchi importanti. Io ho avuto il successo, ho avuto i ragazzi che mi fermano per fare le foto. Può essere inebriante, può darti alla testa. Eppure se nel futuro non mi fermeranno più per strada, ma starò tenendo per mano due bambini, non sarà importante. Non è quello il punto. Il successo vero è quello della vita. È essere amati. È avere accanto chi ti ama. Il successo vero è tornare a casa da mia nonna che mi aspetta. Ma so con ogni fibra del mio essere che mi mancherà essere "on stage". Avrò ricordi pazzeschi, avrò la vita piena. Sarà abbastanza? La danza non se ne andrà mai. Il successo resterà un ricordo. E io spero davvero che andrà bene così.

È da tutta la vita che la danza mi fa stare bene. Quindi so che, quando mi mancherà come l'aria, quando vorrò stare bene, io semplicemente… continuerò a ballare.

13

Mai sola

Nessuno salta da solo

L'episodio della farfalla in bagno non è stato l'unico nella mia vita in cui ho sentito la presenza, l'aiuto di qualcuno. Una sera, a New York, penso davvero di aver incontrato un angelo, per quanto solo scriverlo suoni pazzesco anche a me. Ero appena andata a vivere a East Harlem. Stavo tornando a casa, avevo preso la metro, nevicava tantissimo. Sbaglio treno, non me ne accorgo. Esco in strada, convinta di essere alla mia fermata e non riconosco niente. È tutto buio, è tutto chiuso, è tutto spento. Dove sono? Inizio a camminare, sperando di riconoscere qualcosa, ma i piedi si bagnano in fretta; non nevicava quando sono uscita di casa stamattina, mi ritrovo immersa nella neve, ho freddo. Non è una sensazione piacevole, non so dove andare. Il cellulare ovviamente è scarico, succede spesso a fine giornata… Non ho la possibilità di chiamare nessuno e di taxi neanche l'ombra. Sono zuppa fino alle ginocchia. Mi metto a piangere. Mi prende il panico. Penso che rimarrò lì tutta la notte, mi sono persa, ho paura. Mi prendo la faccia tra le mani e sento una voce.

«*Excuse me.*» Vedo questa ragazza nera, con gli occhiali e i capelli arruffati. Non smetto di piangere. «Perché piangi?» Le spiego che mi sono persa, le dico che voglio tornare a casa. Piango, perché non so come fare. «*Nice to meet you, I'm Keyla.*» Mi chiede dove abito, è sorpresa: «Vivo anche io lì, sei lontanissima. Andiamo, ti porto a casa». E prendendomi per mano, mi fa tornare indietro. Stavo per entrare in una strada pericolosissima della città, siamo nel Bronx, mi dice di seguirla.

E così Keyla mi riporta a casa. Le racconto chi sono, che danzo, che può venire a vedermi quando vuole. Ma lei tergiversa, dice non posso, evita.

Quando arriviamo davanti a casa mia sono le tre di mattina e non posso che ringraziarla. «Sei un angelo, non so come avrei fatto senza di te», lo penso davvero. E la stringo forte. Mi giro verso casa e mi volto subito, per dirle di nuovo grazie, ma lei non c'è già più. Sparita, nel nulla. Attorno a me solo neve e silenzio. Non è possibile che sia svanita a quel modo, eppure è così.

E allora io non lo so che cosa sia successo davvero quella notte, non so che cosa mi sarebbe successo senza il suo aiuto, ma mi piace pensare che fosse davvero un angelo.

Quella notte non ho chiuso occhio, pensando a lei. Provavo stupore, sentivo gratitudine. Ho capito che a volte succedono eventi inspiegabili, e avrei smesso di cercare una spiegazione, ma avrei iniziato a credere. Che esistano o meno, io ora so che qualcuno ci assiste dall'alto, possiamo chiamarli angeli, possiamo chiamarlo Dio, possiamo credere nelle energie. Ma da quel momento non mi sono sentita più sola.

Oggi riconosco di avere una vita piena, so chi sono i miei affetti, so che anche quando sono lontani non mi abbandonano mai.

In campo professionale ho la fortuna di lavorare con persone che conosco ormai da tanti anni. Persone a me familiari, a cui sono superaffezionata e che stimo profondamente. Dal "Ballo delle debuttanti" ad "Amici", ho ritrovato molti di loro. Li conosco da sempre, c'è confidenza. So di poter contare su di loro in ambiente lavorativo, anche se non ho mai voluto superare la soglia che separa il lavoro dall'amicizia, per una questione di rispetto, per tenere separato quello che è l'ambiente di lavoro dalla sfera affettiva. Perché per quanto l'affetto nasca lo stesso, preferisco non mescolare, per evitare di prenderla sul personale. Mantengo il distacco. E, per questo, vengo rispettata. Non da tutti, perché purtroppo sono tante le persone che hanno sempre qualcosa da criticare. Dicono che me la tiro ma non è affatto vero, e chi mi conosce sa perché mi comporto così.

Quando Maria mi chiama, io ne sono onorata. È una persona che stimo immensamente. Ho il privilegio di lavorare con questa donna meravigliosa e vivo il nostro scambio con onestà. È una professionista indiscussa del settore e io ammiro la sua visione, la sua intelligenza, la sua capacità di vivere il lavoro come una missione, al servizio del telespettatore, per non deluderlo. Ha la dote di comprendere le dinamiche umane e il fiuto che le permette di cogliere immediatamente la sostanza delle cose. Vuole capire i dettagli, anche controllare, non nel senso maniacale del termine, ma per il bisogno di sapere che quello che andrà in onda deve essere prima di tutto perfetto per lei. Niente sarà mai trasmesso senza che lei ne sia a conoscenza. Studia in continuazione e... impara tutto. Se io parlo di un passo di danza a Maria, lei ormai sa che cosa intendo, senza che glielo debba mostrare. È leale, precisa, molto accurata. È professionale. Si circonda di collaboratori preziosi, sa fare gioco di squadra con donne anche molto diverse da lei, per carattere o attitudine, ma con gli stessi valori. Nella diversità crea forza e alleanza, in un mondo dove la solidarietà femminile non è scontata. È una donna che fa fatica ogni giorno, impegnandosi al massimo, e per questo la vivo come un esempio, perché la sento simile a me, con la stessa visione del mondo e del lavoro. Cerco sempre di osservarla perché so che posso imparare molto: è complicato gestire differenti trasmissioni televisive, tutte molto complesse, e miriadi di maestranze e competenze diverse. Lo fa con passione e, a un occhio distratto, potrebbe sembrare anche con un'apparente disinvoltura... ma in realtà è una secchiona!

Per questo è sempre così facile esserci quando mi chiama, e per questo sono fiera che mi chiami. Perché vedo una stima reciproca, so che mi coinvolge per le mie competenze, tenendo alla base del nostro rapporto un grandissimo rispetto. Non ho mai cercato di diventare "amica" di nessuno, non ho mai voluto entrare in un team per motivi diversi dalla mia professionalità e oggi, sapere che sono lì perché ho dimostrato di meritarmi il posto, per me è fondamentale e lo sarà sempre in qualsiasi cosa farò. Quando ho deciso di tornare in Italia per lavorare ad "Amici", questa consapevolezza per me è stata importantissima. Sono potuta tornare per questo.

È abbastanza comune usare le scorciatoie, cercarle. L'ho visto succedere in tanti casi. E mi spiace perché molto spesso sono persone supertalentuose che non avrebbero bisogno di farlo, eppure preferiscono così. Non giudico, è un modo diverso di comportarsi, ma non è il mio e non lo sarà mai.

Il mondo della televisione è superappealing, in tanti vogliono starci, c'è chi fa carte false pur di entrarci. E pur di restare si comportano male, guardano solo a loro stessi, senza rispetto per chi li circonda. E non parlo solo di me, ma anche degli addetti ai lavori, delle sarte, dei macchinisti. Ho visto scene spiacevoli in cui signore che lavorano lì da anni sono state trattate a male parole perché non avevano valorizzato la starlette di turno. Io non volevo diventare famosa, non ho mai cercato la visibilità. Sono lì perché so ballare, perché posso vivere di danza. Ma di una cosa sono sicura, tratterò sempre tutti con rispetto. Dando amore.

Perché la grande verità
è che se dai amore,
l'amore ti torna indietro

La gentilezza è una dote rara. Lo vedo attorno a me, lo respiro sui social dove ogni giorno vince l'odio. Io credo nell'amore. Nella condivisione. Nel comportarmi bene. Se solo chi odia capisse che è tanto più facile vivere amando. Ti trovi circondata da persone che fanno il tifo per te, anche insospettabili. Ti viene offerto aiuto quando ne hai bisogno.

Mi hanno illuminato con luci in più, quando mi sono esibita, per impreziosire il mio pezzo. Mi hanno cucito costumi bellissimi, mi hanno supportato quando sono stata messa da parte. Per me vuol dire tantissimo.

I gesti gentili non cambieranno il mondo, ma di certo lo renderanno un posto migliore. Io voglio dare ogni giorno il mio contributo, fosse anche solo un grazie alle tre di notte all'ultimo tecnico in sala, dopo una giornata di lavoro. Fosse anche solo un buongiorno, con il sorriso, ogni volta che arrivo.

Quando raggiungi una posizione di un certo tipo nel lavoro, qualsiasi esso sia, sembra tutto dovuto. Ecco, non lo è per niente. Accanto a noi ci sono le vite delle altre persone che fanno fatica tanto quanto noi.

Credo nei rapporti umani, credo che ogni incontro regali qualcosa. Basta mettersi in ascolto.

Eppure mi sono passati davanti tante volte. Sono stata scavalcata, mi hanno tolto pezzi da solista due ore prima di esibirmi, dopo che ci avevo lavorato per settimane, con scuse sgradevoli. Ho sempre risposto ok, non importa.

Nel mio percorso ho imparato la disciplina quindi, anche se non sono d'accordo con un'idea o una scelta, lo dico, ma poi passo oltre. E se cerchi lo scontro con me non ti do la soddisfazione di vedermi sbottare. Mi adeguo. Aspetto il mio turno. Non vuol dire che non soffra o non ci rimanga male. Ma rimango educata, integra, seguo i miei principi. Non alzo la voce per ottenere quello che voglio ma mi impegno fino alla fine, per dare il massimo e meritarmelo. Non è debolezza, per me è forza!

Ho insegnato le mie parti ad altre ragazze, quando l'esibizione era nata pensata per me. Sono entrata in sala per collaborare, anche se mi era stato tolto qualcosa.

Non è una questione di ragione o torto ma di serietà: io so come voglio essere e so dove voglio arrivare. E non imparerò dagli esempi sbagliati ma continuerò a comportarmi bene, per quello che conta per me. A costo di piangere lacrime in più. Perché a me basta ballare. Rimanendo coerente.

Mi piace creare, inventare coreografie, sperimentare. In un futuro prossimo mi immagino direttore artistico di un grande show, teatro o TV che sia, e so come vorrò essere. Vengo da una scuola dove prima c'è il lavoro degli altri e dopo il tuo. Dove conta salutare quando si arriva e quando si va via e dove sai che ce la devi mettere tutta perché altrimenti il risultato non ti piacerà. Ho avuto la fortuna di aver avuto diversi punti di riferimento nella mia formazione e posso dire con certezza che la costante di tutti, uomini o donne che siano, è stata quella di avere grande *vision* nel loro campo e perseveranza da vendere. Ho imparato che niente si ottiene senza creatività e un impegno estenuante.

Nel frattempo, quando posso insegno. Ho iniziato in America, scoprendo quanto posso dare e quanto ricevo. Mi piace farlo con i musicisti dal vivo, anche quando sono in Italia. Faccio pochi stage e so che è un ambiente dove spesso conta il nome più della qualità, ma io ci sono passata, io ero una di quelle ragazze che rincorreva lo stage giusto, sperando di migliorare, e quindi voglio offrire qualcosa di valido, qualcosa che possa fare crescere e apprendere. Non basta il nome, serve che ci siano le condizioni per mettere tutti di fronte alla possibilità di imparare. E non è una questione di soldi: ho insegnato anche nei quartieri spagnoli di Napoli o in altre realtà, dove ho visto voglia di imparare e tenacia. La mia unica condizione è che ci sia la possibilità di fare bene. Non sempre è possibile, preferisco allora tirarmi indietro. Ma amo entrare in contatto con i talenti affamati di voglia di farcela. Quella per me è energia pura. Chissà se un giorno insegnerò di più.

Tiro un po' le somme di tutti questi anni e ripenso a chi mi voleva fermare, a quante volte mi sono messa in discussione ma alla fine ho sempre perseverato. Soprattutto ripenso al supporto di chi ha sempre creduto in me. «Fatti valere, qualcosa cambierà.» Ho mandato giù tutto, senza mai lamentarmi. E ho gioito quando sono arrivati i riconoscimenti.

Durante i lunghi mesi di immobilità che la pandemia ci ha imposto, ho intrapreso di nuovo un'attività che non facevo da tempo ma che mi ha sempre motivata: selezionare talenti. Ad "Amici" ho fatto i casting ai ragazzi. Mi piace entrare in contatto con il talento degli altri, mi affascina e non lo temo. Non sempre ti trovi davanti a un talento espresso, ma in molti casi è come se si intravedesse una scintilla e credo che il compito di chi ha avuto la mia fortuna sia quello di aiutare chi coltiva un grande sogno a esprimersi. So che un giorno ci sarà qualcuno più bravo di me, e anche più giovane, a prendere il mio posto, ma non ho paura, non metto i bastoni tra le ruote a chi mi offre il suo talento. Se vedo qualcuno di bravo sono la prima a esserne felice; se scopro il talento nella danza, mi emoziono. È una grande responsabilità avere la possibilità di far crescere qualcuno. C'è tanta gente che fa questo mestiere seguendo canoni soggettivi. Io ho i miei gusti personali, come tutti, ma li metto in secondo piano. Devo cercare il fuoco, devo cercare la verità, non qualcosa che mi piaccia; devo avere immaginazione e riconoscere il diamante in una pietra grezza, ma soprattutto non devo mai avere paura di essere superata. Spesso il talento può essere un fardello e bisogna avere metodo perché altrimenti è facile perdersi. Nella compagnia di David sono sempre stata attratta da chi era più bravo di me. Facevamo le audizioni, tutti insieme. Non ho mai avuto paura di perdere il mio posto, ho sempre e solo pensato che se arrivava qualcuno di bravissimo, ne avremmo tratto vantaggio tutti.

Creiamo lo spazio necessario per spiccare il volo. Anche quello degli altri. È la filosofia dello stormo:

Se si vola insieme,
si arriva più lontano

In anni di tour ho incontrato tantissime persone. Ho imparato il linguaggio dei segni, ho ballato di fronte a comunità di ragazzi abusati, ho partecipato a gala importanti, sono stata nominata agli Oscar della danza, ho sperato con tutto il cuore di vincere ma non ho vinto. Gli anni con David mi hanno insegnato tantissimo. Ho ballato da prima ballerina, ho ballato da sola. Ma non sono mai cambiata.

Quando ho ripreso a lavorare ad "Amici" non ho mollato David. Non ero pronta a smettere e forse non lo sarò mai. Ho continuato a fare su e giù, prendendo aerei come fossero autobus. Ho fatto un anno così, sono tornata a New York, sono rientrata in Italia. Fino all'anno scorso, fino a ora, aspettando che il mondo si rimetta a ballare, mentre i teatri di Broadway sono chiusi, mentre i tour vengono annullati, mentre ricomincia "Amici", per una nuova, grande avventura.

Conclusioni

Mi mancano i teatri, mi manca la compagnia, mi manca ballare circondata da un branco di leoni impazziti. Mi manca l'amore, mi manca la stabilità affettiva. Mi mancano gli abbracci. Mi manca la normalità. Eppure voglio smettere di guardare quello che mi manca, e ringraziare per quello che invece ho. La mia famiglia, i miei amici, il mio lavoro, la mia casa. Sono fortunata. Sono una privilegiata.

Stiamo vivendo un momento difficile, dove i sogni ci sono ancora, ma sembrano impossibili da raggiungere, così lontani, in questa nostra immobilità causata da un virus che ha cambiato le nostre esistenze, tra perdite dolorosissime, paure e ansie, problemi economici e distanze incolmabili.

Vorrei non sentire la preoccupazione, vorrei che il mondo ripartisse, promettendo di non dare mai più niente per scontato, ma cerco di concentrarmi su quello che ho, perché sto bene e in un momento del genere già questo potrebbe bastare per sentire un senso di gratitudine. Mi sento grata e anche estremamente fortunata perché mentre il mondo dello spettacolo è immobile, io mi muovo. Io ballo.

Far parte del team di professionisti di "Amici" anche quest'anno è un vero regalo che la vita mi sta facendo. Ogni giorno mi alzo e vado in sala, creo coreografie, aiuto giovani talenti a dare il meglio di se stessi, mi confronto con colleghi, lavoro.

Sono circondata da amici bravissimi che non stanno lavorando da mesi, che ballano nei loro soggiorni, collegati a un mondo virtuale. Non posso non dire grazie, non riconoscere il privilegio della mia condizione.

Ho ritrovato un team pazzesco, ho conosciuto nuove persone. Anche grazie a loro ogni giorno vedo giovani talenti crescere, mi metto a loro disposizione e ho un ruolo attivo nella preparazione dello show. In questo momento non potrei chiedere di più. E non importano i tamponi tutti i giorni, gli orari lunghissimi o le settimane senza domenica. Io sono fortunata. Io ballo. So che il futuro è un'incognita e che dovrei averne paura. Ma ho imparato a vivere giorno per giorno, cercando di fare ancora meglio di prima.

Mi sento cresciuta. Fedele ai miei valori e ai miei ideali, fiera della mia libertà e indipendenza, oggi mi sento più diretta, più coraggiosa. Non ho più paura di fare un'affermazione che qualcuno potrebbe usare contro di me, sento di non dover più nascondermi da niente e da nessuno, perché se c'è qualcosa che ho imparato in questi ultimi mesi è smettere di perdere tempo. Perché tutto può cambiare da un giorno all'altro e se ho sempre vissuto per non avere rimpianti e non dovermi mai pentire di quello che dico o che faccio, libera di essere me stessa, ora so che non voglio più assecondare nessuno. Conta quello in cui credo, conta quello che voglio.

Mi manca il teatro e non so che cosa succederà nei prossimi mesi. Ci penso ogni giorno e immagino il momento in cui si potrà tornare a ballare di fronte a un pubblico in sala. Lo immagino, lo sogno. E ne ho quasi timore, perché quando qualcosa che fa parte del tuo quotidiano manca da così tanto, diventa distante. Ma quello che so è che il giorno in cui riprenderò, sarò così felice che mi viene quasi da piangere.

Ma intanto ballo e continuo a ballare, godendomi la bellezza di una sala piena di specchi, di una musica che mi entra nella pelle, di movimenti che creo per esprimere le mie emozioni, certa che questo momento di stop porterà novità, alimentando la linfa creativa di tutti quegli artisti che sono stati costretti a fermarsi. Perché ognuno di noi ha compreso il valore di quello che ci manca.

A me manca mia sorella. Mia nipote è nata e, mentre finisco di scrivere, non ho ancora potuta abbracciarla. Ricevo le foto di questo scricciolo e penso a quanto vorrei che fossero entrambe qui, con me. Questa pandemia ha fatto tanto male, ma mi ha dato anche la possibilità di passare il tempo con il resto della mia famiglia. E oggi so un po' più di prima quanto sia bello non stare lontani. Adesso mi prendo cura di loro. Il tempo con mia nonna in questi mesi è stato il regalo più bello che potessi ricevere: le sue parole, i suoi colori sui fogli, di sera, la sua compagnia, guardando il mare per rimettere in ordine i pensieri. Sono stata vicino a mio padre in un momento difficile, occupandomi di lui e parlando, come non avevamo mai fatto. Ho cucinato per lui e ho compreso realmente quali siano le mie priorità.

La mia priorità oggi è l'amore, in tutte le sue forme.

E voglio riuscire a esprimerlo. Mentre ballo, mentre mi occupo della mia famiglia, mentre aspetto che torni per tutti un po' di serenità. E non è la cura di cui abbiamo bisogno per guarire, ma è di certo l'unica cosa che può aiutarci, per stare bene.

Ho ancora tantissimo da imparare e da vivere, ma quello di cui sono sicura è che non mi tirerò mai indietro di fronte alle nuove possibilità. Abbiamo tutti bisogno di nuovi orizzonti e nuove sfide. E io ho intenzione di vivermi tutto.

Ringraziamenti

Grazie a chi mi ha aiutata a saltare e a te che hai letto fin qui e mi permetti di continuare a farlo.

Ai miei genitori, che hanno creduto in me dandomi tutto l'amore di cui avevo bisogno anche quando ero a settemila chilometri di distanza. Siete il mio tutto.

A mia sorella, presenza costante in tutti i miei passi, che quest'anno mi ha regalato la felicità più grande facendomi diventare zia.

A mia nonna, il mio sole.

A Paola e Americo, che hanno visto in me quello che io ancora non sapevo di avere.

Ai maestri che ho incontrato lungo la strada. A Heather, tu sai.

A Francesco e Fabrizio, perché da loro imparo ogni giorno cosa significa l'amore.

A tutti i miei amici, fratelli, compagni che danzano con me.

A tutta la squadra di "Amici", prima di tutto a Maria, a cui devo il salto più alto, e a Sabina, che ha saputo vederlo anche in queste pagine.

A David, che mi ha presa al volo.

Chi è in questo libro mi ha resa la persona che sono.

Vi amo.

Mondadori Libri S.p.A.

Questo volume è stato stampato
presso ELCOGRAF S.p.A.
Stabilimento - Cles (TN)

Stampato in Italia - Printed in Italy